新潮文庫

すき・やき

楊　逸著

新潮社版

9446

すき・やき

着物

ロッカーに囲まれた五畳ほどの狭い長方形の更衣スペースの真ん中に、着物の着付け手順を絵入りでメモした紙と、その順番通りに畳んだ着物を置き、梅虹智《ばいこうち》は服を脱ぎ始めた。フード付きのパーカをハンガーにかけ、長袖《ながそで》のTシャツとジーパンも脱ぐと、ロッカーの上の換気扇に巻き込まれた冷たい空気が素肌にあたり、ぶるっとしたあとに、ふあとした爽《さわ》やかな感覚が体を走り抜けた。

昨夜何度も着物に絡《から》まれる夢を見て、窒息しそうになり、そのつど目が覚めて余り眠れなかった。一週間前、ここで初めて着物を着付けされ、その後、着物を持ち帰って、毎日のように姉の梅思智《しち》の指導のもと、特訓してきた。今日の本番に備え、昨日姉と一緒に昼過ぎから練習し始めて、何回着直したことか。汗が下着のように体を包み、濡《ぬ》れた肌襦袢《はだじゅばん》があたかも吸盤のように体に貼《は》り付き、冷たくて気持ち悪くなるほどだった。

「とにかく、着物着るのには形が大事なの。女の曲線は出しちゃいけないんだ。胸が大きけりゃ潰《つぶ》すし、ウェストが細けりゃタオルで補充する」

姉の思智は感嘆するような口調の中国語で虹智に説明する。日本にいながら、しかも日本の着物を着る場面での中国語だが、着付けに没頭する二人にはさほどおかしい気はしなかった。

「なんでなの？　面倒くさいね、こんな何とか襦袢また何とか襦袢って、嫌になっちゃう」

「これでも簡単なほうだからね、だってすき焼き屋の制服なんだもん。留袖とか訪問着みたいな高級なものになれば、もっとたくさん着ないと駄目らしいよ。日本の花嫁が着る着物は、十二単《ひとえ》とか、十八単《ひとえ》とか、三十単《ひとえ》とかいって何十キロの重さがあるんだって。重さだけで倒れる花嫁もいるんだからね」

「十二とかの数字はどういう意味なの？」

「着る着物の枚数なんだろう。十二単だと十二枚の着物を着るってこと、三十だったら三十枚だ」

「三十枚も着物を着ていたら、人間が着物に覆《おお》われて見えなくなるんじゃないの？」

「さあ、普通に考えればね。でも日本ではね、着る枚数が多ければ多いほど地位が高いということになるからさ。だから、三十枚も四十枚も、たぶん皇族さまになれば五十枚も着るんじゃないの？」

「本当？　もしかして姉ちゃんも知らなかったりして」

「日本に来てまだ一年のあなたよりは知ってるわよ、確かに姉ちゃんの日本語はそんなに達者じゃないけど、着物のことくらいは知ってるわ」

「姉ちゃんも四十枚の着物を着て結婚式をやれば良かったのに」

　虹智は思智の真剣そうな顔を見て笑った。

　思智の微笑《ほほえ》みが強張《こわば》り、僅《わず》かにまた顔を綻《ほころ》ばせて下に向けた。

「もう、ももこのお迎えの時間だ」

　姉の作られた笑顔を目にして、虹智は悔しさを覚えた。この頃の姉はどうも夫の正樹《まさき》とうまくいっていない様子である。気になっていつ話してくれるかと待っているのだが、その気配は一向になく、幾度も探る口調で何気なく訊《き》こうとしたが、姉に話題を逸《そ》らされてしまうのだった。

姉は昔から虹智のことをまともに相手にしなかった。歳《とし》が十五もはなれているせいもあり、「姉ちゃん」と呼びながら、実際虹智の心の奥底ではむしろ母と変わらない存在になっている。つまり家に母が二人いたという妙な感覚だった。

親元にいれば、そんな姉が強がっても大人ぶっても虹智が気にすることはなかったかもしれない。しかしこの異国の日本では、いくら歳が離れていても、日本語が不自然で、金も力もないといえども、たった二人だけの姉妹であることにかわりはない。問題の解決にならないとしても、話せば幾分楽にはなれるに違いない。なのに、思智は一言たりとも悩みを話そうとはしない。

玄関のドアが閉められると思智のキーホルダーのチャラチャラした音も遠のき、しだいに聞こえなくなった。ふと鏡に映った着物美人の姿が目に入る。なかなか様になっているのを確認し、ほっと一息つき、また帯を解き始めた。

紐《ひも》が一本、二本……帯、帯板、帯枕《おびまくら》、伊達《だて》締め、腰紐、着物の中に長襦袢、また紐、紐、肌襦袢、そして紐、紐……。

初めてヨリコさんに着物を着付けされた時、更衣室の棚から降ろした大きな木箱を興味深く覗《のぞ》いたら、中は紐だらけだった。

「紐箱よ、みんな共同で使ってるの」

ヨリコさんは、虹智のガッカリした顔を見て、微笑みながら説明した。

着物を着るのに紐箱まで用意してどうするというのだろう。肌襦袢姿で、体を操り人形風にヨリコさんの手に任せたが、顔だけは戸惑う表情を隠しきれない。紐が一本また一本、何らかの布を加えながら、一本また一本、クルクルと体を縛り付けていく。幼いころ秋口に、冬越しのための貯蔵用の長ネギを買いに行ったときの風景を思い出した。

父が一抱えに束ねた長ネギに、太さが親指ほどもある紐で一回りまた一回り、さらに一回り。もう充分に縛ったと思いきや、今度はいつもなら虹智の指定席である自転車の荷台に載せ、再び紐を引っ張り出し、一回りまた一回りと縛り付ける。

着物を着付けするヨリコさんも長ネギを束ねる父と全く同じ動作で、虹智の体を一回りまた一回りと縛り付ける。着付けが終わり、眩暈《めまい》を感じた虹智は自転車の荷台に固定された長ネギの束のように体が自由に動かなくなっていた。

「日本の女性は束縛好きだね」

虹智は不安そうな小声で横で座って見ている思智に中国語を投げつけた。

「えっ、何て言ったの？」

ヨリコさんは虹智の呟《つぶや》きが気になり、思智に訊いた。

「日本の女の人が、束縛好きだと」

思智も笑った。

「ああ、紐が多いから？　そうかもね。日本の女は束縛されているのか」

ヨリコさんも吹きだしてしまった。

日本に来てあと四ヶ月で二年になる。来た当初すぐにでもアルバイトをしたかったが、姉の思智は頑としてさせてくれなかった。先月から大学の受験が始まり、五つの大学に挑戦した末、二週間前に三流私立大学の大和大学から合格通知書が届いた。

虹智が手にその合格通知書を握りしめ家に帰ると、ソファに座っていた思智はテレビを消し、皺《しわ》くちゃのハンカチで顔を拭《ふ》いていた。

「韓劇を見てたんだ。何だかグッと来ちゃってさ」

思智はあえて虹智と反対方向に顔をそらしたが、鼻を軽くすすって、蒸し立ての海老《えび》餃子《ぎょうざ》のように赤く膨らんだ両目がまだ潤《うる》んでいる。

「韓劇か」

虹智は合格通知書を出すのに少し躊躇《ためら》った。最近の思智は韓国ドラマにはまっているようだ。そのはまりっぷりはどうも思智自身の生活に重なっているように思えて仕方ない。今の涙もきっと正樹義兄《にい》さんが夜な夜な残業しているせいに違いない。

「何か？」

思智は虹智の表情から話があることを読み取ったようだ。

「大和大学、受かったけど」

虹智は下の唇を強く噛《か》み、申し訳ないという表情で手に握った合格通知書を思智に突き出した。

勉強が苦手というのは昔からだった。高校を卒業して大学受験に失敗し、浪人生活を送っていたのを、思智に頼んで日本への留学手続きをしたのだった。厳しい母も虹智を日本に行かせるというよりは思智の元へ行かせるような感覚だったろう。虹智が心配したような強い反対もなく、穏やかな表情で送り出してくれた。

思智は虹智から合格通知書を受け取って暫《しばら》く目を凝らすと、ゆっくりと喉《のど》の奥底から暗めの低い声を押し出した、「アルバイト、いいわよ」。

「え、本当？」

虹智は望外の喜びで耳を疑った。

滑り留めとして受けた大和大学ではあるが、滑った虹智を見事に受け留めてくれた。受験した五つの大学の中で唯一《ゆいいつ》の合格である。先ほどまで失意の底にいたのにアルバイトしてもいいと言われるとは、虹智にはまるで塞翁《さいおう》が馬の思いだった。

日本語学校では数少ない、アルバイトしない金持ち留学生に紛れ込んだ金持ちでない一般人として、肩身の狭い思いをしてきた虹智は、姉の許可が下りた翌日、「アルバイトをしたいと思っているの、紹介して」と、なんとなく得意げな表情で学校中に吹聴《ふいちょう》してまわった。

案の定、いち早く反応してきたのは韓国人留学生の柳賢哲《ユヒョンチョル》だった。まったく同じ五つの大学を受験して、二つの合格通知書が届いたにもかかわらず、大和大学よりほんの少し格上の大洋大学を諦《あきら》め、ためらいの一つも見せず虹智と同じ大学に行くと即決して、虹智を感激させたありがたいクラスメートである。

「俺と同じ焼肉屋でアルバイト、美味《おい》しいし楽しいよ」

「時給は？」

「九百、でも三ヶ月後、九百五十円になります」

「時間は？」

「午後の五時から終わりの電車の時間までＯＫだから」

「新大久保よね？」

「そうです、駅は五分です」

「お姉ちゃんに聞きますから、明日返事ますね」

　変な日本語で話しているにもかかわらず、二人にはなんの違和感も無く交流は自然と成り立った。これは日本語学校の教室ではごくごく普通の風景で、休憩時間になれば世界各国から集まった学生たちはいつもこのような日本語で話が盛り上がるのだ。時たま好奇心にかられ、日本人の先生もその群に首を突っ込み耳を傾けたりするが、チンプンカンプンで、諦めて教務室に戻っていく始末である。

　柳賢哲は顔中の筋肉を真ん中に寄せて、幸せそうに微笑み、細い目から柔和な視線を虹智の顔に投じてしげしげと眺めた。

「新大久保の焼肉屋？」

姉の思智は柳賢哲が紹介してくれたアルバイトを聞くなりビックリして不機嫌な声をあげた。

「時給は三ヶ月後に九百五十円になるって」

虹智は悪さをした子どものように首が縮んで声も小さくなった。

「時給は問題じゃないの。新宿だの渋谷だの新大久保だのの場所の問題なの。もうアルバイト探しは姉ちゃんに任せて。あなたは勉強に専念すればいいから」

姉の声は少し興奮気味に聞こえた。

「いつ見つかるの？」

虹智はさらに小さい声で訊いた。

「今週中に探してみるから」

姉の声が大分柔らかくなった。

一週間後、姉に連れられ、この「なごん庵《あん》」を訪ねた。家から電車に乗って三駅、東京の郊外になるが、田園調布という高級住宅街にほど近い、ちょっとした商業中心地的な駅に位置する高級牛鍋《ぎゅうなべ》料理屋である。

ソフトな質感の黒塗りの壁と真っ白く塗った腰板、なんとか城と呼ばれても納得がいくような屋根付きの、和風スタイルの二階建てである。

入り口の両側に、丸っこい形の枝先で成した大きな丸っこい松が青々として、恭《うやうや》しく客を迎えている。通り過ぎるそよ風に、松は僅かながら、笑いに堪える人間のように体を揺らしている。

松のすぐ右横に大きな甕《かめ》があり、真上の壁から突き出た錆《さび》なのか塗料なのか見極めがやや難しい色の管からは、細い水がちょろちょろと竹樋《たけひ》に垂れ、甕に流れていく。水が水にぶつかり、やがて甕に響いた凛《りん》とした音が、辺りの静けさを一層際立《きわだ》たせる。

まだ準備時間ということもあって、店の中は暗くシンとしていた。

「すみません」

姉の甲高い声に応じて、和服姿の年配の女性が小走りで出てきた。

「シイちゃん、久しぶり。元気?」

女性は満面の笑みを浮かべて言いながら、廊下の電気をつけた。辺り一面がぽんのりとオレンジ色の光に染まった。歳月が馴染《なじ》んだ木目の床と客室を区切る和紙の襖《ふすま》は、淡いオレンジの灯と相まって、どことなく心地よい香を醸《かも》し出す。

　和服女性は思智と虹智を六人掛けのテーブルの個室に通し、また小走りで奥の方へ向かった。程なくして、女性が湯のみを載せたお盆を持って戻ってきた。

「今店長がご挨拶《あいさつ》に来ますから、お茶をどうぞ」

「店長はお元気ですか？」

「シイちゃんの時の店長は一昨年店を若旦那《わかだんな》に任せて、もう引退したの」

「引退したのですか？　まだ若いじゃないですか？」

「ゴルフし過ぎたのか、腰が痛いというのでね。ちょうど若旦那も店で一年間修業して慣れたことだったし。あ、店長が来たわ」

　廊下の木の床から繊維がすれるような音と人間の歩幅を意味する振動が伝わってきた。

「初めまして、店長の茂田です」

　大きな声に伴い、真っ白いシャツの上に黒いベスト、襟元《えりもと》に同じ黒い蝶《ちょう》ネクタイの服装ですらっとした長身の格好いい男性が現れた。整髪料でがちがちに固めた長髪、そして色白のノッペリした弥生人《やよいじん》風の顔に薄い笑みを浮かべて、虹智たちに向かって深々と腰を曲げお辞儀した。

「初めまして、お世話になります」

虹智は思智に腕を強く引っ張られ、慌《あわ》てて椅子《いす》を立ち、店長と同じように深く腰を曲げた。

腰が曲がった姿勢が一分間も続いただろうか、店長が和服姿の女性の傍の椅子に座るのを待って、思智は来る途中で買った和菓子を両手で丁寧に持ち上げ、店長に差し出した。

「つまらないものですが、気持ちです」

「気を遣わせて申し訳ないですね」

店長は薄い笑みの顔にさらに感謝の表情を加え、丁寧に和菓子を受け取った。

「お姉さまは以前ここで働いたことがあると聞いていますから、きっと状況などもご存知かと思います。何かあればヨリコさんに相談してください、ヨリコさんはうちの教育係りですから。これから店の準備がありますので、ちょっと失礼させていただきます」

店長は和服女性に頷《うなず》いてから、また思智と虹智に一礼して出ていった。

「ありがとうございます」

座って椅子がまだ温まっていないのに、虹智はまた思智に引っ張られ、腰が曲がったまま立ちあがり、店長の後ろ姿に懸命にお辞儀した。

虹智は下を向いた目を横滑りさせ、思智の様子を覗き見して座るタイミングを窺《うかが》った。いよいよ作法にこだわる本物の日本社会に入るのだ。虹智はこの腰の曲がり具合から、何となく不安を覚えた。

「ヨリコさんですよ。姉ちゃん十年前までお世話になっていました」

再び尻《しり》を椅子に乗せると、思智はホッとした笑顔でテーブルの向こうに座っている和服女性を紹介した。

「ヨリコオバサン、こんにちは」

相手に失礼をしてはならないとこれまでのお辞儀で緊張感が高まった虹智は、お尻があたかも椅子に跳ね返されたかのように立ち直し、腰を曲げ、年配の女性に尊敬の意を込めて、挨拶の前にわざわざ「ヨリコオバサン」を付け加えた。

「オバサン？ そんな歳《とし》に見えたのかしら、悲しいわね」

ヨリコさんの声のトーンは急降下し、両手が頬を覆《おお》い、さも嫌そうに首を振った。

「ああ、すみません。中国では相手をオバサンと呼ぶのは丁寧語なんです。虹智、ヨリコさんのことは、そのままヨリコさんと呼んでいいのよ」

思智の苦笑いする顔を見て、虹智は何がいけなかったのかもわからず茫然《ぼうぜん》とした表情でまた座ってしまった。

「そうなんですか。日本では相手がいくら年上でもヨリコさんって呼ぶのよ」

ヨリコさんは声を元のトーンに上げ、虹智に優しく笑った。

「はい、わかりました」

虹智は表情を少し和らげた。

「コウチと言います。どうぞよろしくお願い致します」

思智は虹智の名前を紹介して、長い挨拶の前奏をやっと完結させた。

「きれいな妹さんじゃない。日本語も話せるのね、コウチさんというの？　なんだか男みたいだね」

ヨリコさんの声が一段と明るく聞こえた。

「何かいい名前を考えてあげてください。私のシイちゃんみたいな感じの」

「気に入ってくれたの？　嬉《うれ》しいわ。コウチさんね、コウコとか、あ、ココちゃんっていいんじゃない」

「ココちゃん？　いいね、可愛《かわい》い感じで」

「コウチさんはどう？　これからココちゃんって名前を使っても大丈夫？」

「ハイ、わかりました」

虹智は盛り上がっている姉とヨリコさんを見て、強く頷いた。

時給千円、午後五時から夜十一時まで火木土日の週四回。ココちゃんという名前で、この高級な牛鍋屋——「なごん庵」でのアルバイトが決まった。

ヨリコさんが和服を着せてくれると言って、思智虹智姉妹を更衣室に連れていった。

「着物はシイちゃんがいた時と変わってないんだ。藤色《ふじいろ》とわさび色の二色だけなの、どっちがいいかな？」

更衣室に入ると、ヨリコさんは棚から和紙の包みを二つ取り畳に置いた。包みの透けているビニールの窓からちょうど着物の襟元が見え、色もそこから覗《のぞ》くことができる。虹智の目は二つの窓に映った藤色とわさび色の間を二回往復させてから、顔をあげ、ヨリコさんが着ている落ち着きのあるベージュ色の着物を不思議な表情で見た。

「あ、これ、これは自前のものなの」

虹智は恥ずかしそうに視線を畳の上の着物に戻した。

「この緑の方がきれいよ」

思智は言った。

「そうね、シイちゃんも昔ずっとこの色を着ていたものね」

「懐《なつ》かしいですね。この色だと若く見えますよね」

「そうね、ココちゃんは色が白いし、似合うと思うわよ」

虹智は二つの着物をもう一度丁寧に見比べて、頭の中で自分の顔をそれぞれにはめ込んでみた。やはりわさび色にはめた顔の方が初々《ういうい》しく見え、強く頷いた。

「そうでしょう。着るときれいよ」

ヨリコさんは微笑《ほほえ》んで、わさび色の着物の包みを開け始めた。姉の顔にも優しい笑みが浮んだ。

「着物は初めてなの？」

ビニールが剝《む》かれて着物のわさび色が一層艶《つや》やかで明るくなった。ヨリコさんは虹智の顔と着物との間に視線をちらつかせながら聞いた。

「そうです。初めてです」

虹智はやはり不安げな顔をしてそわそわ目を泳がせた。

「きれいになるわよ。シイちゃんの時だって、着物を着せた途端に見違えるほど日本美人になったのを今も覚えているわ」

「あの時は本当に自分もビックリしました。着物を着ると、話さなければ、誰も中国人だと気づかなかったね」

虹智は思わず姉の顔を見た。端正な顔立ちだが、いつもとかわらず至って普通に見えた。

「さ、着てみましょうね」

ヨリコさんは両手に着物を抱え畳から立ち上った。

いよいよ一週間練習した腕を見せる時が来た。人の手助けなしで一人で着物を着る。そう考えると胸になにかが躍っているように覚えた。紐箱《ひもばこ》の横に置いた着方のメモにあえて目を向けないようにし、これまでの思智と二人三脚の練習風景をもう一度脳裏にめぐらせた。

先《ま》ずは足袋を穿《は》くところからだ。

虹智は畳に座り靴下を脱いだ。足袋を汚してはならないと考えて、手に持った靴下で足裏を強く擦《こす》ってから、やっと足を足袋の中に伸ばした。

五本しっかりと独立しているはずなのに、足袋を穿こうとすると、足の指たちはまるで水かきのついた鴨《かも》の足になったようで、親指を他の指と離し別なところに入れるのも一苦労だった。

ちょうど足首の筋にあたる留め具を留めると、つま先からも足首からもなんとも表現しようがない違和感が頭に上り、汗に変わった。虹智は意気沮喪《そそう》して後ろのロッカーに寄りかかった。不意に壁にかけてある丸い銀縁の掛け時計が目に入った、午後三時だった。初日だからと、慣れない着物を着るために、二時間も早く来たのだ。

足袋の次の裾避《すそよ》けは捲《ま》きスカートを穿く感覚で意外にもすんなりとつけることが出来た。調子に乗って肌襦袢《はだじゅばん》もつけると、虹智は余りの緊張感でずっと曲がっていた胃袋に溜《た》まった息を勢いよく吐きだした。

続きの布は何故《なぜ》か薄いタオルのようなものだった。メモを手に取って読むと、ライン造りのための補正用と書いてあり、首に捲くでもなく、ただV字形に畳まれて、胸元に丁寧そうに置いただけの絵がかいてある。

「面倒くさいな、何なんだよ」

虹智の口からついついお淑《しと》やかな女の子に似合わない乱暴な言葉が漏れた。

紐、布また布、紐。何のためのものかを考えるのも面倒になった虹智は、ただただ夢中になってそれらの物を体に捲きつけた。苦しくなってやがて胸焼けすら覚えた。

とうとう長い着物が出てきた。ホッとした虹智は気を取り直して、おもむろに着物を肩に羽織り袖《そで》を通した。メモに沿って紐を手に取るのだが、その位置があいにく胃袋の真上になっているので、二重捲きにして両手を背中にまわして紐を締めた途端、ぐっと食道に上ってくるものを感じ、慌てて紐を緩めた。

「その昔、着物は普段着だったとみんないうけど、想像に堪えない日常だね」

ついに最終仕上がり段階に辿《たど》り着いた。着物で一番肝心なのは帯の形なのだ。太鼓のようにふっくらとしたボリュームのある形を出すために、枕《まくら》も紐も洗濯バサミまでも不可欠である。

虹智は鏡の前に立ち帯を左肩から垂らすと、右手を目一杯伸ばして腰にかかる端を測り、背中から帯を前に引っ張って腰に巻いた。二巻きしたところで、板を入れて帯を結んだ。残った長い帯が邪魔にならないよう、紐箱から紐を取りまた体に結び、さらに洗濯バサミで帯を留める。それから帯枕やら布やらをひたすら巻いた後、余っていた帯でそれらを包むように内側に折った。見事な太鼓の形になった。帯締めを真ん中にあてて綺麗《きれい》に結んで仕上げると、虹智は息を荒らげてぐったりと畳に座り込んだ。

「あら、新人さん？」

店が開く三十分前になって大きなハンドバッグを持った、ざっと見て五十代半ばの女性が更衣室に入って来た。虹智を見て驚いたようだった。

「コウチと言います。初めまして」

虹智は畳から立ち上がり、深く腰を曲げ、挨拶《あいさつ》した。

「コウチ、さん？　男みたいな名前だね。もしかして外人さん？」

オバサンはハンドバッグを畳に置き、斜め横のロッカーの扉を開けながら、視線を虹智の体に泳がせた。

「中国人です。ココちゃん、ここではココちゃんという名前で呼んでください」

「ココちゃんね。私はキョウコです。そう言えば昔中国の人がいましたよ、何て名前だったかな?」

「シイちゃんですか?」

「そうそう、シイちゃん、シイちゃんだった。知り合いか何か?」

「シイちゃんは私のお姉さんです」

「シイちゃんの妹さん? 若いじゃない、幾つなの?」

「二十一歳です。シイちゃんと十五歳長いです」

「ああ、十五歳違いってこと? でも本当のお姉さんでしょう?」

キョウコさんはロッカーから着物を出して着替え始めた。

「本当のお姉さんです」

虹智は鏡の前の場所をキョウコさんに譲った。鏡から離れた瞬間、真ん中が太く、頭と足の両極が細く、まるでどんぐりのような形をしたわさび色の自分が見えた。

仲居さんたちは次々入ってきた。畳の更衣室が見る見るうちに、オウムが集まった狭い騒がしい鳥籠《とりかご》になっていった。

「ねぇ、新人の中国人のココちゃんだって。ほら昔ここにいたシイちゃんって子の妹さんなんですって。何年前だっけ、覚えてない？　あんたが来る前だったかしら」

キョウコさんは人が入ってくるたび、虹智のことをみんなに繰り返し紹介してくれた。みんなもキョウコさんと同じような視線を虹智の顔に泳がせた後、着替え始めるのだった。

「ココちゃん」

ちょうど虹智がみんなからの鋭い視線に堪えかねているときに、ヨリコさんが呼びに来た。

作法

「いらっしゃいませ」

「いらっしゃいませ」

「いらっしゃいませ」

二階建てのなごん庵は、一階は洋風のテーブル席、二階は畳の和室となっている。両方とも「川」字のように二本の通路を挟んで作られた個室の並びだ。高級和食店だからか、お客さまを迎え入れる際の声は、たまに行くファストフード店などに比べると幾分控えめに聞こえる。

まずは入り口に立っている若き茂田店長が、高めだが尖《とが》らず、床の木目に消化できる程度の声を発してお客さまを迎え入れ、その後ろの着物姿の仲居のおばさんたちに客室に案内させる。

廊下に立っていたり、通りかかったりする着物姿の仲居さんは端に寄り、個室の中に響かないような温かみに富んだ小声で「いらっしゃいませ」と繰り返す。そして、その声に応じるように、廊下にいない従業員からもほぼ同時に、お客さまの耳にちょうど届くほどの極めて品の良い声のあいさつが繰り返されるのだ。

初日の虹智は、その作法を客の混む時間になってやっと心得て、三番目になる皆の声に中国訛《なま》りの発音で合わせるが、スピードが遅いためかそれとも声を伸ばしすぎたためか、みんなの声が落ち着いても、虹智はまだ途中までしか言えていない状態で、最後の「ませ」がどうしてもしっぽのように余ってしまう。近くに人がいなければ、頑張って最後まで小声を発することが出来るが、傍に誰かいて、それが客であればなおさら勇気がなくなり、「ませ」を喉《のど》に飲み込むか、いっそのこと「いらっしゃいませ」をはじめから口から出さないことにし、喉の筋肉だけをリズムに乗ったように動かしたつもりにする。

琴がゆっくりと奏《かな》でる静かなメロディが、入り口の横の水甕《みずがめ》に流れる水の音のように耳に流れ込み、思わず「さくら、さくら」と音楽に合わせて口ずさみたくなってしまう。虹智にとってこのメロディは初めての日本でもある。

日本に留学しようと中国で日本語学校に半年間通った。予習復習のため教科書についていたCDを聞くごとに、出だしにこのメロディが響いた。そのうち教科書に載っている歌詞に合わせ、「さくら、さくら」とメロディを口ずさみながら、脳裏で桜と日本を思い描くようになった。

日本に来てから初めて花見をした時に受けたショックは今も鮮明なままだ。牡丹《ぼたん》のような派手な艶《あで》やかさを思い描いていた桜は、実際は瑞々《みずみず》しく輝く淡いピンクの花で、咲くとどこまでも広がる夢幻のような世界を作っていた。

床や襖《ふすま》に流れる「さくら」のメロディに醸《かも》し出された幻想的な世界に、優雅な紳士淑女の客人たちが、奥ゆかしい足取りで客室に通されていく。虹智も慣れない着物姿で、ヨリコさんの後ろにぺったりとついて、緊張で固まった手で、グラス、ビール、酒、肉や割下などを上品に運ぶのだ。

「お酒を出してすぐ、前菜の小鉢と刺身を出すの。二、三十分すれば大抵のお客さんは食べ終わるから、小鉢と皿が空になったのを確認してから下げる。次は鍋《なべ》をセットして肉を出すのよ」

ヨリコさんは手際《てぎわ》よく小鉢と皿をきれいにテーブルに並べた後、客室から下がり、後ろに待機している虹智に教えた。

「小鉢は右手、刺身は左手、そうすれば刺身の白い皿と小鉢の翡翠《ひすい》のような緑色とビールの黄色とで色合いがいいでしょ。刺身の皿は、マグロが盛ってあるのを手前にしてね。白いイカとか透明な鯛《たい》とかに囲まれてるとマグロの色も新鮮で美味《おい》しそうに見えるの」

虹智は適当な言葉が思い当たらず、しきりに頷《うなず》き、感心した。

「八番でやってごらんなさい」

ヨリコさんは、大きなお盆に一人分の前菜を載せて、虹智に持たせた。

虹智はそれに細心の注意を払いながら、足袋に入った足を床に擦りつけるように歩き、八番の個室に向かった。その後ろにヨリコさんが腰をやや曲げてきれいな小走りでついてくる。

八番の部屋の閉まっている襖の前まで来た虹智は、立ち止って後ろのヨリコさんを見た。ヨリコさんは三歩後ろに立ち止まり笑みを噛《か》みしめて虹智を見守っている。両手でお盆を持った虹智は左の肘《ひじ》を使って襖を開け、中の男性客に頭をちょっと下げて会釈《えしゃく》するなり、お盆から前菜をテーブルに並べ始めた。

「お待たせしました」

ヨリコさんの優しい声とともに虹智のうなじに軽い息が当たった。虹智は思わず手を止め体を右に少しずらして、客側の場所をヨリコさんに譲った。

「はい、どうぞ。ご無沙汰《ぶさた》ですね」

ヨリコさんはお客さんに笑顔を向けながら、ゆっくりとお盆に残った翡翠のような緑色の小鉢を刺身の皿の右手に並べた。

「新人さん？」

お客さんは、手にもった煙草《たばこ》を灰皿におき、ビールグラスを口にした。この店にしては珍しく無頓着《むとんじゃく》な格好をした年配の男性だった。

「ココちゃんというんです。よろしくね」

ヨリコさんはそう言いながら、虹智に挨拶《あいさつ》しろと目配せした。

「よろし、く、お願いーします」

虹智は顔に笑みを作り腰を大きく曲げた。

「鈴木さんです、毎月いらしてくださるお客さまよ。後はキョウコさんに任せていいの」

個室を出た後、ヨリコさんは虹智に説明した。虹智は空になったお盆を胸に抱え頷く。

「肘で襖を開けるんじゃなくて、手が空いていない時は、一旦《いったん》お盆を置いてそれから襖を開けるのよ。襖を開ける前に、失礼致しますと言って、中に入ったら、今度は、お待たせしましたと言うの。それからどうぞと言いながら料理を並べて。終わったら、失礼致しましたと言って出てくるの」

ヨリコさんは、奥の客のいない客室を使って、虹智に料理を運ぶ模範的なマナーを見せた。

虹智もヨリコさんの姿を真似《まね》て、空のお盆を丁寧に持ち上げると、動作を念入りに繰り返した。

「力の入れすぎかな？　ココちゃんの動作は幅が大きくなってるから、ちょっと力を抜いて小幅でやってごらん。こうすれば丁寧で女性らしく見えるじゃない？」

ヨリコさんは虹智の腕を持ってやらせてみた。ヨリコさんの手に操られた虹智の腕が縮こまったような動きになった。

「そうか、皿をテーブルに置く時に、ココちゃんの腕は伸びきっていたんだ。小幅でいいのよ」

虹智はまた何度となくその動作を繰り返し、やるたびに頷き、ついに心得たという笑顔になった。

九時を過ぎると客が少なくなり、片付けなども一段落した。閑《ひま》になった虹智は、人の邪魔にならないよう身を隅っこに引っ込め、さっきヨリコさんに教わった言葉を繰り返し暗唱して練習した。

「すみません。

はい、どうぞ。

お待ちました。

失礼しました。

かしこりました」

練習すればするほど、虹智の口は硬くなっていき、舌も思うように廻らなくなる。口に合わせ屈伸していた腕も感覚が麻痺《まひ》し、ちょっと手首を回すと肘の上に筋肉痛を感じた。

お品書き

「新人さん？　ココちゃんっていうの？」

「何かアニメの名前みたいですね」

　虹智の微笑《ほほえ》みが湯気に包まれる。先輩の仲居たちについてなごん庵にも客たちにも次第に馴《な》染《じ》んできて、緊張で強張《こわば》っていた顔もいつの間にやらほぐれ、笑顔を見せる余裕までできた。

　なごん庵のメニューはお品書きと言って濃紺色の布カバーの大判ブックのようである。開くと大皿に花びらのように盛った高級和牛肉の写真と共に、コース料理、一品料理、宴会料理という並びになっている。

　すき焼きについて、一、二回姉が作ったのを食べた以外何の知識も持っていない虹智は、メニューを覚えられるかと不安だった。お品書きという小難しい日本語を使った表紙とは裏腹に中身は思いのほか単純である。すき焼きは松、竹、梅の三コ

ースで、しゃぶしゃぶもまた松、竹、梅の三コースになる。その三文字はいずれも、
日本語学校の初級クラスで勉強した名詞で、覚えようというほどの神経を使うま
もなかった。
一品料理にいたっても、刺身の盛り合わせや、握り寿司《ずし》の盛り合わせや、天ぷら
の盛り合わせといった感じで、まるでわざと虹智のことを考えてやさしく作ったか
のように錯覚してしまう。
大抵の客は注文するとき「すき焼きの松、それと天ぷらの盛り合わせももらおう
かな」という調子なので、「すき松天ぷら」という具合の言葉を虹智は頭の中で回
しながら、厨房《ちゅうぼう》に向かう。
このお品書きと別に飲み物のメニューもある。お品書きを縦に折ったような大き
さで、透明のビニールカバーの下には、淡い茶色に「ほろ酔い」と金箔《きんぱく》の草書体が
書かれている洗練された酒瓶の写真などが透けて見える。
中身を見れば、ビール、カクテル、ウィスキー、日本酒、焼酎《しょうちゅう》、ワインと各項目
の下に奇抜な漢字や意味不明のカタカナがずらりと並ぶ。虹智が料理で得た安心感
はここであえなく消えてしまうのだ。

雪娘。銀の舞。月光の仮面。ここまでならギリギリ読めそうだが、さつま無双ロイヤル。シャブリプルミエクリュフルショーム。発音の一つ一つを一生懸命つかえながら口から出そうとすると、途中で気絶しそうになる。

幸い客の多くは乾杯のために最初はビールを注文する。それからメニューをじっくり眺めて、途中からまた日本酒なり焼酎なりを追加注文する。虹智にとって最も苦手なのは年配の常連客に「いつもの頼むね」と言われること、あるいはメニューを見ずに「＊@☆◆を持ってきて」と言われることだ。

数回戸惑ったあとに学習して応急手当を思いついた。

「前回のあれが美味《おい》しかったな」

乾杯のビールで目の下が少し赤くなったオジサン客が虹智を呼び止めた。

虹智は素早く客の後ろから飲み物のメニューを取り、開いて客の目の前に届ける。

「何のお酒ですか？」

「えっと、＊@☆◆だから、これ」

その指先に「赤兎馬《せきとば》」と書いてあった。

「はい、かちこりました」

虹智はホッとしてメニューを受け取り、指先で赤兎馬を指したまま客室から退き、廊下の隅っこでこっそりと注文を伝票に書き入れる。「三国志演義」の中で関羽が乗っていた馬と同じ名前なのに、日本じゃ酒のことになってしまうのか。ほんの一瞬そんな疑問が頭を過《よぎ》っていく。

客が小鉢とお造りを食べ終わったのを確認してから、いよいよテーブルに備え付けられたガスコンロに火をつけ鍋《なべ》を熱し、すき焼きまたはしゃぶしゃぶを作り始める。やり方はここ数日間実際に先輩方がやっていたのを思い出しながら真似《まね》るのである。

虹智は鍋からおよそ一尺の高さのところで、手の平をかざすなり戻した。ヨリコさんに教わったときと同じ位の熱さを感じ取ったのだ。白い牛脂の塊を鍋に入れ、まんべんなく滑らせたあと、卵を載せた小皿を客の前に並べた。黒い鍋は脂《あぶら》の解ける幽《かす》かな音と共に潤《うるお》って光り出した。

鮮やかな緑が混じった白い葱《ねぎ》を入れると、鍋の上に一筋の煙が細々と青く香ばしく上っていく。割下をほんの少しだけ入れると、縁から白い泡が転がり鍋底に広がった。そこで最初の牛肉を入れ、紅白まだら模様の肉が薄茶色へと変わるタイミングを睨《にら》んで、素早く肉をとって客の小皿に運び、葱の香りと店特製の割下の味をあじわわせるのだ。

それから濃い緑の春菊、焼目の付いた豆腐、茶色の椎茸《しいたけ》を、客の人数に合わせて、それぞれ一回分ずつ入れた後、また霜降りの牛肉を中に入れる。野菜も肉も均等に目の前に座った四人の男性客の皿に分けて入れていく。簡単なように見えるが、緊張の余り、右の手前に座っている人を忘れて次の人に廻してしまうことも二回ほどあった。

虹智は懸命に菜箸《さいばし》を右手の中指で操ろうとして、いつの間にか手の甲の骨に痺《しび》れた痛みを覚え、たなごころから汗が滲《にじ》み出て力が緩んだ。

「おい、ちょっと煮すぎじゃないの？」

客の一人が言った。

慌《あわ》てた虹智は必死に菜箸を駆使して肉を一枚摑《つか》み出し、男の皿に入れた。

「ゆっくりで大丈夫だよ。手が震えてるね」

すぐ右横に座っている別の客は言った。

虹智の笑みは苦笑いに変わりつつも、頑張って残りの三枚の肉を客の皿に振り分けた。箸を左手に移し、右手を脇《わき》におろしてこそこそと関節を動かした。

「肉がやっぱり硬くなってしまったね」

また誰かが言った。

「すみません」

誰にも聞こえないような声で虹智は言い、申し訳なく下を向いた。

「椎茸もういいんじゃないの？」

虹智は耳でキャッチした声に出来るだけ応《こた》えようと箸を振り回す。

「肉はさ、少しピンク色が残ってるほうが美味しいんじゃないかな。だから、入れて呼吸して、そして引っくり返して、また呼吸して、取り出すんだ。ほら、入れてみ、呼吸、そして引っくり返して、また呼吸、はい、そこでもう出していいぞ」

右奥のオジサンの声に合わせて、虹智も頭の中で、入れて呼吸一、引っくり返す呼吸二、箸で抓《つま》む呼吸三、とリズムよく数えたら、見事な薄いピンク色の牛肉が客の黄色い卵の中にきれいに沈んでいた。

「ほら、見てこの色、ナマの赤が少し滲み出てて、ピンクになってるだろう、このくらいが一番美味《うま》いんだから」

オジサンは溶き卵の中の肉を取り上げ、黄色がかったピンク色を虹智に見せた。虹智は肉に暫《しばら》く目を凝らしてからやっとほっとした表情になって、粋《いき》な笑みを作った。

肉を入れて、引っくり返して、取り出す。一、二の三でやればちょうどピンク色になるのだ。客を送った後、虹智は額と首の汗を拭《ふ》きながらヨリコさんのような和服美人風の小走りで店に戻った。

「あら、ココちゃん、服が崩れてない?」

廊下ですれ違ったキョウコさんは急に立ち止まり、虹智に声をかけた。虹智は自分の胸元を見ると、襟《えり》が緩んで中の白い半襟が奥にずれてしまったのに気づき、恥ずかしくなって急いで更衣室に向かった。

常連客

大和大学の入学式を終え、虹智は久しぶりに会った柳賢哲に誘われファストフード店に入った。柳に紹介された焼肉屋のアルバイトを断ったことで、何となく申し訳ない気持ちになり、お腹《なか》が空《す》いたわけではなかったので、百円のコーヒーだけを注文して柳に付き合った。柳はキムチ焼肉バーガーにポテトフライにコーラのセットを注文した。

「食べて、食べて、ポテトも食べてよ」

柳はポテトを丸ごと虹智のトレーにのせた。

「毎日晩ご飯は焼肉でしょお？」

虹智は中国語訛《なま》りの日本語で訊《き》いた。

「焼肉しき（好き？）だよ」

柳は韓国語訛りの日本語で答えた。

「過ぎますか？」

虹智は飽きるかという意味で訊いた。

「大丈夫よ。焼肉ジェンブ食べる」

柳は焼肉ならいくらでも食べられるよ、とのニュアンスで答えた。

二人は使い慣れた変な日本語で楽しく喋《しゃべ》り続ける。

「どこのシキヤキ屋ですか？」

「家の近いところ、渋谷から電車で十五分ですか」

「ジカレますか？」

「着物だから疲れます。しかしもう慣れました」

「着物？　ええ、コウチさんの着物の形を見たいだよ」

「駄目ですよ。着物は難しいはずかしい」

「ハジカシイも見たいよ」

「ヤダァですよ」

「コウチさんは美人さんですね。日本の着物の形も見たい。韓国のチョゴリの形も見たい」

「韓国のチョコリは美味《おい》しいですか？」

「美味しい？」

「私は日本のチョコリが好きですよ。牛乳味と、イチゴ味も」

「チョコレトですか？　違うよ。チョゴリは韓国の着物、洋服です。大きなスカートの韓国洋服」

柳はチョゴリの形を身ぶり手振りで説明した。

「ああ、わかりました。あの着物もチョコリと同じ言いますか？　面白い」

虹智も手の仕草を大げさにして言った。

「コウチさんは韓国チョゴリを着ますし、俺はパジチョゴリを着ます。カメラでカチャしましょうよ」

「えぇ、チョコリですか、中国のチョコリは日本のチョコリトですね。私はチョコリを着ますは、面白いね」

「チョコリは違うチョゴリですよ。もう」

柳は虹智の顔を見てついに吹きだしてしまった。

などん庵でのアルバイトはひと月が過ぎ、虹智も着物を着る時間を大幅に短縮することができた。紐《ひも》で束ねた長ネギという感覚も次第に薄らぎ、違和感のあった背筋を伸ばしての和服美人の小走りも上達し、足袋で擦《こす》られた一階廊下の床は木目が一段とつややつや光りを放つように見えた。

まだ二階の座敷席に上がったことがなく、依然として一階部分のテーブル席を担当しているが、当初は一組の客しか相手に出来なかったのに、今は同時に二組の客に仕えられるようになり、たまに忙しくなった際は少々慌《あわ》ただしく感じながらも三組の客を世話することも一、二度あった。

「ココちゃんは慣れるのが早いね」

仲居の仲間たちに褒められ、虹智は一層背筋を伸ばして、小走りでせわしなく客へのサービスに励む。

「ココちゃん、十二番ビール一本ね」

「ココちゃん、五番の天ぷらよ」

虹智は得意の笑みを絶やさず、四方八方からの注文に応《こた》えるべく、さらに小走りで急ぐ。

「いらしゃいまーせ」

熱々のおしぼりをお客さんの前に置き、お客さんが手を拭《ふ》き終わるのを待って、飲み物のメニューを差し出す。

「いつもので。君もいつものワインか？」

中年紳士のお客さんはメニューを開けることなくそのまま虹智に返し、向かいに座っている若い美人に訊いた。

「ハイ、いつものワインで」

若い美人も紳士同様差し出されたメニューに目もくれず、虹智を見てにっこりと笑った。

「いつもは何ですか？」

虹智は、メニューをもう一度紳士に差し出した。

「君は新人か？」

紳士は虹智の顔をまじまじと見た。

「本当だ。初めての人だね」

美人も気付いた。

「ココちゃんと言います。どうぞよろしくお願いします」

虹智はメニューを差し出している手はそのままの姿勢で深く腰を曲げた。

「ココちゃん？　可愛《かわい》い名前ですね」

美人の潤《うるお》った口紅が嬉《うれ》しそうな艶《つや》を放った。

「ヒビキのオンザロックだ。このメニューにはないけど。彼女はこれ」

紳士はメニューを開いてワインの名前を指差して教えてくれた。

「ヒビキ〆〇々」

虹智は短絡しがちな思考回路から、ヒビキの続きは何と言ったのかを割り出そうとしながら、紳士が指したところを指で押さえたまま個室を出た。

「すみません。お客さんはメニューにないヒビキなになにを飲みたい」

廊下でぶつかりそうになったキョウコさんにつかみどころのない言葉をなげた。

「なになにって？　どのお客さん？」

キョウコさんは虹智が指差した方向に寄っていった。

「あ、横山さんとヒジリちゃんね。どうかしたの？」

個室の中を覗《のぞ》く前に、襖《ふすま》から洩《も》れてきた談笑の声を聞いただけで、キョウコさんはわかったようだった。

「飲み物は、ヒビキなになにと言いました」

「ヒビキのオンザロックでしょう？　横山さんの特注ウィスキーでさ、メニューに書いてないの」

キョウコさんは、虹智を厨房《ちゅうぼう》の横にあるお酒の棚に連れて行き、上の段から、黄金色の液体が入ったどっしりとした瓶を取ると、カウンターに置いた。

「これよ、ヒ、ビ、キッと読むのよ」

キョウコさんは銀色のラベルに躍る黒い「響」という文字を指して言った。

「ひ、び、き、そのあとはなになになにありました」

「オンザロックでしょう、ちょっと待ってね」

キョウコさんはまた棚の下のグラスの段から丸っこいグラスを出し、厨房の冷凍庫からサッカーボールの形をした氷を取りだして、丁寧にグラスに入れたかと思うと、響の蓋《ふた》を開け黄金色の液体を氷に注いだ。液体は氷に弾《はじ》かれ、氷の結晶から聞こえる幽《かす》かな反応と共に冷たく深みのある甘い香が鼻にあがった。

「これがオンザロックっていうの。ヒジリちゃんはいつもの赤ワインでしょう？」

キョウコさんは手際《てぎわ》よくまたワイングラスを出し、中に赤い液を入れた。

黄金色の響と赤いワインとをのせたお盆を持つと、背筋を伸ばし、小走りをやめゆっくりしっかりとした足取りで横山さんたちの個室に向かった。黄金色と赤色の液体が同じ方に揺れ、また一緒に反対方向へと跳ね返された。形といい色合いといい、若い美人と中年紳士のイメージにピッタリである。

テーブルを隔て、黄金色と赤色とがぶつかり、ガラスの澄んだ音が響いた。横山さんに回されたグラスは黄金色の液体が躍るなか、凛《りん》とした丸い氷が次第にまろやかな表情に変わっていく。

「珍しく若い子が入ったのか」

横山さんは、高い頬骨と日焼けした小麦色の顔に暖かい表情を浮かべ、目を細めて虹智を興味深そうに見た。

「ココちゃんって日本人じゃないでしょう？」

ヒジリちゃんという美人もワイングラスの細い足を指の間に挟んだ。真っ赤な液体が鮮やかな唇とあいまって妖艶《ようえん》さを増している。

「ハイ」

「お国はどこですか？」

「中国です」

「中国人、だからか。表情が全然違うからおかしいとおもってたけど。普通日本人なら明るく可愛く自分の名前を言うけど、この子は真面目《まじめ》な口調でココちゃんですっていうんだ」

横山さんは納得した様子で頷《うなず》いた。

「すみません」

どこが間違ったのか虹智にはわからなかったが、とりあえず謝った。

「いいんだよ、純粋でいいんじゃないか？」

紳士は呟《つぶや》いた。

「けど中国人なら、何で李さんとか王さんとかじゃなくココちゃんなの？」

ヒジリちゃんは訊いた。

「すみません」

虹智は首を傾《かし》げて笑った。

「ココちゃん、ここはもういいよ。後は私がやるから、ありがとうね」

美人は吊《つ》り上がった口元にいっぱいの笑みを浮かべ、虹智に会釈《えしゃく》した。

虹智は深々と一礼をして個室を出た。

「横山さんのお客さんは、人いらないと言いました」

虹智は厨房に戻り横に立っているヨリコさんに報告した。

「あ、横山さんのところね。今日もヒジリちゃんという子と一緒に来てるの？」

「ハイ、美人の女の子」

「横山さんはね、うちの常連客だから、いろんなお客さんを連れてきてくださるの。ヒジリちゃんと一緒にお見えのときは放っといていいのよ」

「はい、かしこりました」

「かしこまりましたというのよ」

「かしむかりました」

「かし、こまり、ました。もう一度言ってごらん」

「かしこまり、ました」

虹智は顔を赤らめた。

「よく出来ました。日本語って難しいね」

ヨリコさんは虹智の言葉と同じ頻度で頷き、言い終わるなりホッとした笑顔になった。

「さ、今日は二階和室のお客さんを紹介しましょうか」

二階には畳部屋の個室が並ぶ。思智の家にも和室があるのだが、虹智も思智も未《いま》だに畳に正座するのには慣れず、いつもリビングのソファや椅子《いす》を中心に動いているので、和室はたまに帰りが早い正樹義兄《にい》さんしか使っていないのだ。

「藪中《やぶなか》さんですよ、こちらは奥様です。お二人ともとってもお優しい方でね、奥様を休ませたいときに、必ずうちに来てくださるの」

二階に上がったヨリコさんは和室に入る前から正座し、「失礼致します」と言うと、ゆっくりと襖を開け、両手で支えながら、体を廊下から和室の中に移した。

「初めまして、先月入ったばかりのココちゃんです。どうぞよろしくお願いしますね」

ヨリコさんに自己紹介を代ってされてしまった虹智はお辞儀をしながら「どうぞよろしくお願いします」と鸚鵡《おうむ》返しに言った。

「ココちゃん、立っていないで、座ってご挨拶《あいさつ》するのよ」

「すみません」

ヨリコさんに言われ、虹智は慌ててヨリコさんの傍に座り、またお辞儀をした。

上品な洋服姿の老婦人と和服姿の老紳士が畳に正座して日本酒を楽しんでいるところだった。

「若い子じゃないか」

老紳士は盃《さかずき》を置き、虹智を一瞥《いちべつ》すると少し意外そうな表情を作った。

「学生さんですよ」

「あら」

老婦人のどろんとした目が僅《わず》かに動き、視線を虹智に向けた。

「中国からの留学生でね、今年大和大学に入ったばかりなんですよ」

ヨリコさんは言いながら徳利を手にとると、老紳士とその奥さんの盃に酒を注いだ。

「大和大学、いいところじゃないか。何を勉強してるの?」

老紳士は訊《き》いた。

「コミュニケーション学科です」

虹智は畳に正座して答えた。

「うん」

老婦人は血管が地面に飛び出た水道管のように張った手で、おしぼりを繰り返し握りながらしきりに頷いた。

「ココちゃん、もうそろそろお鍋《なべ》の用意ね」

ヨリコさんはちょっと後ろにいる虹智に振り向いて小声で聞かせた。

虹智は立ち上がり、得意の小走りで部屋を後にした。

「ココちゃん」

ヨリコさんの軽やかな声が絹のように耳を触った。振り向くと微笑《ほほえ》むヨリコさんが手まねきで自分を呼んでいる。虹智はヨリコさんの後について空きの和室に入った。

「和室では立っちゃ駄目なのよ。〝失礼致します〟と言って襖を開けたら、先《ま》ず持っているお盆を一旦《いったん》畳に置き、正座したまま一礼するのよ。お客さんに近付く時は、立たないで、両手を畳に突いて、膝《ひざ》で前に進む。こんな感じでやってごらん」

ヨリコさんはお手本を見せながら、虹智に真似《まね》させる。虹智は畳に正座し腰を深く曲げて一礼をした後、両手を畳につけ、膝で移動しようとした。体重の全《すべ》てを腕で支えて、みぞおちがもう慣れたはずの着物の帯に強く押され、吐き気を覚えた。

「膝を前にずらすのよ。少しずつでいいから。そう、そう、そんな感じで、もうちょっと。畳を見ないで、視線はお客さんに向けるの」

虹智はヨリコさんの、腕を突っ張る、膝をずらす、視線を正す、という指示に懸命に応《こた》えようとした。

「畳から立ち上がる時は、手をお尻《しり》の後ろに突いて、体を前屈《まえかが》みにしないで、後ろに起こすの。こんな感じで、ほら、やってごらん」

ヨリコさんはまるで頭上から吊り糸に引っ張られたかのように、首筋を真《ま》っ直《す》ぐに伸ばすと、背筋、腰筋、そして膝も立て続けに伸ばして、スッと立ち上がり、体を縦の直線にした。

虹智も同じように首筋を伸ばし、背筋を伸ばしたが、腰筋を伸ばしたところで、手が畳に届かなくなった。手に支えきれない膝が曲がったままで、いくら頑張っても伸ばすことはできず、結局腕の力が効く範囲内に体を丸めて、みぞおちから波乱万丈に荒れるものに極力耐えて無理やり立った。

首筋から膝まで走る筋肉痛に耐えつつ、藪中夫婦の席に用意した鍋物を運ぶと、虹智は鍋をセットし、火をつけ、小皿に卵を割って入れ、素早い手付きで溶くと、見る見るうちに小皿の中の混沌《こんとん》とした液体が煌《きら》びやかな黄色へと変わった。

白い牛脂の塊を熱した鍋に入れると、チッと音が立ち、小さくなるにつれ鍋も滑らかな艶を放つ。さらに葱《ねぎ》を入れる。部屋中は一気に暖まり、牛と葱の旨《うま》みが相まって漂い始めた。旨みに誘われたのか老婦人からふっと軽い溜息《ためいき》が漏れた。

薄口の割下を少量入れると、鍋の中はいつものように琥珀色《こはくいろ》の汁を包んだ湯花が甘い匂《にお》いを発しながら鍋縁に沿って靡《なび》いていくのだった。虹智は得意技の一二三のリズムで最初の肉を老夫婦の皿へと運んだ。絶妙にレアのピンク色が残る肉である。

「いただきます」

もの静かな藪中夫人は両手を合わせ、一礼をした。

「美味《おい》しそうだ」

藪中さんも夫人につられて頭をちょっとだけ下げて、肉へ箸《はし》を伸ばした。

続いて豆腐、椎茸《しいたけ》、春菊、と順番に入れていくと匂いも中和され、部屋中にまろやかな空気が流れた。虹智は口中に何かが溢《あふ》れ出すのを覚えた。

「昔、と言っても近代のことだけど、日本では牛肉を食べてはならなかったそうよ。けど一般庶民がおやつ感覚で田んぼの先の空き地に火を焚《た》いて、その上に農具の鋤《すき》を敷き、いろんなものを加熱して、砂糖を加えた甘口の醤油《しょうゆ》ダレにつけて食べていたの。それが今のすき焼きになったんだって」

あの日、面接が終わって家に帰る途中、姉からこのようなすき焼きの由来を聞かされた。

本来農民たちの小腹を埋めるおやつが、たった百数十年の間でこれ程の高級料理にまでなるとは。虹智は湯気にうっとりした。

霜降り和牛

初めて給料をもらった。硬目の紙の給料袋に八万円弱のお金が入っているのを確認すると、なぜか胃袋と喉《のど》とを繋《つな》げた食道あたりから、むずむずとしたものを覚えて、幾日経《た》っても治まる気配はない。

「今年分の授業料は姉ちゃんが払ってあげたけど、これから毎月の給料をしっかり貯《た》めて、来年からは自分で払うのよ」

姉はアルバイトする前から何遍も虹智に言い聞かせた。

十四年前、姉の思智は二十二歳の時に留学で日本に来て、大学院修了後日本で就職し、三十歳になってやっと同じ会社の日本人同僚と結婚した。そして三年前にももこが生まれたのを機に退職し専業主婦になった。

同じ頃、今住んでいる3LDKのマンションを三十年のローンを組んで買った。

家族三人にしては、広めの家だが、中国で大学の受験に失敗して浪人になった虹智が、日本に留学するために転がり込んでからは、奥の一部屋を虹智が占拠して、この家の広さが無駄なく使われるようになった。

この家で暮らしてそろそろ二年になるが、中国の実家での生活と同じように、金銭のことは何一つ心配せず、学校にだけ行っていれば良かった。が、思智は母親と同じような存在と言っても、正樹義兄《にい》さんはあくまで他人であり、それも言葉が通じない他人だ。

形式上、生活費や、日本語学校の入学金や授業料など、姉の思智に出してもらっているが、思智は所詮《しょせん》一専業主婦に過ぎない。実質はやはり言葉の通じない他人の正樹義兄さんに食べさせてもらっていることくらいは、とうに自覚していた。

近頃思智の浮かない顔を目《ま》の当たりにし、夜な夜ななかなか帰宅しない正樹義兄さんのことなどを考えると何か不吉な予感がしてならない。隙《すき》を狙《ねら》って、韓国ドラマで目を腫《は》らす思智に何気なく話を訊《き》こうとするが、決して相手にされなかった。たとえ十五歳も離れていようが、血の通った姉妹であることに変わりはないのだから、もっと頼って悩みくらい打ち明けてほしいものだ。そうしないとこちらのことも打ち明けにくくなってしまうじゃないか、虹智は歯がゆい思いがしてしまう。姉は決して文句を言わない、言わないから、却《かえ》って心配してしまうのだ。日本人の妻という立場で、日ごろのやり取りにも腐心していることだろう。

小さい頃から可愛《かわい》いとか、きれいとかは言われても、頭が良いとか聡明《そうめい》だとかは言われた記憶がない虹智だが、勉強で自信を持てない代わりに、せめてアルバイトでもしてある程度の自立を図りたかった。にもかかわらず、姉は頑としてさせてくれなかった。理由を問うと「言葉もわからないのに、いきなり社会に出るなんて、無謀すぎる。早く日本語を覚えるのが何より先だ」の一点張りである。

中国の母も心配してしょっちゅう電話で虹智のことを聞いてくるらしい。学校帰りに寄り道していないかとか、学校に変な男がいないかとか。心配性の母と姉に監視されることに虹智はとっくの昔に慣れていた。そんな背景もあり、今回などご庵で働かせてくれて、虹智はようやくホッとすることができた。

すきやきの味を覚えるために、客が食べた後、鍋に残った割下を小鉢に少しだけよそって、何度も飲まされた。ほんのりとした甘みに、牛肉と野菜の旨《うま》みがたっぷりと含まれた深みのあるコクが、喉を通って体の中に入っていく。かといって後味にしつこさはなく、すっきりとした芳醇《ほうじゅん》さのみが脳の海馬に漂う。今となっては割下を飲まされなくても、じじじと聴くだけで、その味を脳で再現できるほどだ。

水曜日――アルバイトのない日。大学が終わった後、虹智は柳賢哲に頼んで大久保にある安くて良い牛肉を扱う肉の専門店に連れていってもらった。

「焼肉をゴチショしますよ。美味《おい》しいミシェ知っていますからだ」

柳はまたいつもの調子で虹智を口説き始めた。

「今日駄目です。霜降りの牛肉を買いたいから」

「霜降りの牛肉はきれいだけ、美味しくない」

「どうして？　変な話」

「変な話じゃないよ、俺は霜降りを食べないから」

「高いから、違いますか？　私は霜降りをお姉さんに買いたいから」

「はい、わかりました。霜降り、霜降り」

柳は虹智の数歩先で腰を振りダンスをしながら、自作の霜降りの歌を歌った。百七十五センチもある背丈に、小さめのジャケット、だぶだぶのズボンが今にも落ちそうで腰の低い位置に引っ掛かっている。

輪郭が曖昧《あいまい》な顔つきとそのガッチリした体格には、何となく違和感を覚える。

霜降りの牛肉には思いもよらずいろんな種類があった。百グラムの単価で数百円から数千円まで冷蔵ケースにずらりと並べてある。虹智は硬目の給料袋を強く握り締めてケースを眺めるが、肉屋の中を何回まわっても買う決心がつかない。

「だから、安い霜降りは良いです。高い霜降りは美味しくない」

柳賢哲は得意げな表情で自分の先見性を虹智に気づかせようとした。

「良い霜降りを買いたい」

「私は韓国人ですから、高い霜降り美味しくないは正しいです」

「私は中国人ですから、高い霜降り買いたいです」

「高い霜降りを買う、良い顔したいだから？」

「そうです。中国人顔一番大事です」

「高い霜降りは美味しいじゃない、でも良い顔したいから買いますね」

「そうです。霜降りと良い顔、一番大事です」

柳賢哲は黙ってしまった。

白く丸いトレーにきれいに並べられた霜降りの値段三千円が虹智の目に躍った。

虹智は意地を張ってそれを三つ買い物籠《かご》に入れてレジに向かった。

家に帰ると姉の思智はちょうど幼稚園からももこを迎えて帰ってきたところだった。

「今日すき焼きですよ」

虹智は指でももこの小鼻をちょっとつまみ、癖の強い日本語で言った。

「シキヤキ？」

ももこは疑問だらけの表情で虹智を見た。

「給料は貯めてって言ったでしょう」

思智は中国語で虹智を責めたてた。

「だって私も食べたかったもん」

虹智はにやっとすまなそうな笑みを見せながら、中国語で思智に返した。

「あんたって浪費家だね。こんな高い肉を買ってきちゃって」

虹智の買い物袋を開け、肉の値段を見るなり、口調が厳しくなった。

「これは何？」

姉は買い物袋から最後に残った小さい紙袋を出して訊いた。

「あ、それももちゃんへのプレゼントだよ」

虹智は姉に飛びつくと、紙袋を奪取した。

「虹智、これから無駄遣いは禁止よ。でなきゃ母さんに言っちゃうからね」

姉は真顔になった。

「はい、わかりました」

虹智は声も体も小さくして、遊んでいるももこの傍に引っ込んだ。

「ねぇ、義兄さんは今日も遅くなるの？」

「わからないけど。最近新入社員の研修とかで忙しいんだって」

思智の声は急に低いトーンに落ち込んだ。

「じゃ、お肉を多めに残してあげようよ」

「いいんだ。食べるかどうかもわからないから……はぁ」

思智は無意識に溜息《ためいき》をついてしまった。長い間に溜め込んだ重みのある溜息だと虹智には聞こえた。

人事部に勤めている正樹義兄さんは、年度末の二ヶ月も前から九月の新入社員研修が終わるまでは、仕事が忙しくなるようで、去年の今頃も忙しかったことを虹智は覚えている。しかしそれでも最近みたいに帰宅するのが深夜、時たま夜明けになったりするようなことはなかった。

「なんか、今年は特別忙しいね」

虹智は探り口調で言った。

「今時の新入社員は、常識がなくてわがままな人が多いから、教育するのも大変なんだって。虹智、なごん庵での仕事はどう？」

思智は、虹智の探り口調をさらっと誤魔化し、話題を変えた。

ガスコンロの青い炎に煽《あお》られ、銀色のアルミ鍋《なべ》の中まで青くなったようで、辺りも暖かくなった。虹智はなごん庵で鍛えた腕を伸ばし、菜箸《さいばし》で牛脂を満遍なく鍋に塗ると、葱《ねぎ》を入れ、割下の瓶を五十五度に傾け、透きとおった濃い紫色の液をゆっくりと鍋に垂らした。すりっすりっという音と共に甘い香りが食卓を包んだ。

「上手じゃない」

暖かさと香りとで和らげられたのか、思智の顔もついに綻《ほころ》び、穏やかそうに見えた。肉を入れ、さっさっさと虹智は声を出さずに数えたリズムにピッタリあった動作で、三回ひっくり返してからももこのおわんに入れた。

食卓に並べた肉は、虹智が買った三つの白いトレーの中の二つである。もう一つは冷蔵庫に入れられて、正樹義兄さんのために取ってあるに違いない。虹智はそう気づき、チラッと思智の顔を見た。

思智は肉を食べるももこの顔を空《うつ》ろな目で眺めている。虹智は煮えた肉を一枚、思智の黄色い溶き卵が入った器に入れた。

正樹義兄さんは思智にとって自慢の夫だった。温厚そのものの顔つきとガッチリした頼り甲《が》斐《い》のある体格、町内会の行事でいつも力仕事に回されてしまっても、愚痴一つ言わず黙々とこなす。近所の奥さんたちに絶大な人気がある模範的な旦那《だんな》である。

「霜降りの牛肉、味はどうですか？」

虹智は落ち込む姉に気を配って、声でテンションを高く調整した。

「おいちいですよ」

ももこから喜びの声が上がった。

「おいちいの？　いっぱい食べてくださいね」

虹智は出来上がった肉をもう一枚ももこのプラスチック製のおわんに入れた。

「ももはもう食べちゃだめよ」

思智は虹智にやめるようしきりに目配せをした。

「好きなだけ食べさせたらいいじゃないの？」

「生卵にレアの牛肉、三歳の子には消化できないよ。それに回虫が湧《わ》いたら、大変なんだから」

「お肉食べる」

思智は冷蔵庫からももこに用意していた雑炊を出し、レンジに入れて加熱した。

ももこはテーブルの下の足を盛んにパタパタさせて、思智に抗議した。

「はいはい」

虹智は思智が後ろのレンジに向いた隙に、素早く大き目の肉をももこのおわんに入れた。ももこは静かになって肉にのめりこんだ。

「この前、店に常連客だと言って、藪中《やぶなか》さんという品の良い老夫婦が見えたけど。姉ちゃん知ってる？」

「藪中さん？　あ、会社の社長さんでしょう？　いつも接待でなごん庵を利用してる方だ」

「和服を着ていて、奥さんも品の良い人で、凄《すご》く仲の良い夫婦に見えたよ」

「奥さんは見たことないな。あの頃は普通のビジネススーツを着ていたと思うけど」

「同じ人じゃないかもしれないね」

「ま、藪中という苗字《みょうじ》は珍しいから、同じ人だと思うけど。昔は仕事だからスーツを着ないといけなかったけど、今はきっともう引退して奥さんと老後を楽しんでるんだよ。いいな！」

「本当に睦《むつ》まじそうな老夫婦だった」

「そう。睦まじそうな老夫婦ね。いいな」

姉の羨《うらや》ましいという眼差《まなざ》しが段々と上の空になっていく。

「奥さんを家事から解放させたいから、少なくても月一度は夫婦で食べに来るってヨリコさんが言ってた」

「そう」

「姉ちゃんも月一度義兄さんと一緒にどこかお洒落《しゃれ》で美味しい店に食べに行ったらいいじゃない。私がももこを見ててあげるから」

「月に一度かあ」

思智はももこの雑炊をスプーンに掬《すく》って冷まそうと口を窄《すぼ》めて息をふきかけた。

「そうだ、虹智、店のお客さんっていろんな人がいるから、一見紳士に見えるかもしれないけど、誘惑されないように気をつけないと」

「何に気を付けるの？」

「金持ちのお客さんかも知れないけど、お金持ちって遊び人が多いから。まともそうに見えても、危ない人だったりするの。とにかく誰かに誘われたら、姉ちゃんに相談してね」

「そんなに変なお客さんもいないし、変な誘いもないと思うけど」

「虹智、あなた恋愛したことがないから、男を見る目がないの。だから男からアプローチされたら必ず姉ちゃんに言うのよ。恋愛って本当に怖いんだから」

「姉ちゃんも母さんみたいに、男が怖いとか恋愛が怖いとかいつも私を脅かすけど、周りの人を見てみたら、みんな普通に恋愛して結婚しているんだから、なんともないんじゃないの？」

「脅かすんじゃなく、心配してるの。変な人に引っ掛からないように、言い聞かせてるだけだよ」

「姉ちゃんも母さんも心配性なんだよ。私はもう成人してるから、一応判断能力は持ってるよ」

「自信過剰なだけよ、だから心配してるんじゃない。とにかく何かあったらすぐ姉ちゃんに相談するのよ」

客の藪中夫妻の話だったのに、すき焼きの味がまさに藪の中に暴走してしまった。虹智は煮すぎてコーヒー豆のようになった肉を自分の器の卵につけ、自棄《やけ》になって口に突っ込んだ。濃縮した割下の結晶に、しょっぱさを通り越して苦味さえ覚えた。

店長

なごん庵には虹智のような仲居さんが十一人いるが、みな五十歳以上のオバサン衆で、短くて十年、ヨリコさんあたりになると二十数年も勤めたベテランになる。虹智の次に若いのは茂田店長で、厨房《ちゅうぼう》の外にいる唯一《ゆいいつ》の男性でもある。

客を迎え入れる時の、あの一番最初にして最も大きく聞こえる「いらっしゃいませ」も、この茂田店長の声である。細身の外見によらず含みのある良い声である。いつからかは虹智自身もはっきりわからないが、店長が気になり始めたのは声がきっかけだったことは確かである。

店に流れるせせらぎのような琴の曲も、中国では見たこともない畏《かしこ》まったいでたちの店長が発する声にあわせているようだ。「いらっ」の促音にぶつかれば、琴のせせらぎも急に大きくうねり、段差を飛び越えるように聞こえた。

「いらーしゃいませー」

何度練習しても声が長くなって、なかなか店長と同じ時間に収まらない。しかも「いら」の後に続く瞬間的な「っ」の持つ挫折《ざせつ》のような感じを上手《うま》く発することができず、そこで虹智は本物の大きな挫折を味わってしまう。その一方、店長の顔が虹智の頭の中でどんどん膨らみ、声もどんどんきれいに木霊《こだま》する。

中国人には真似《まね》できないほど日本人的な礼儀正しさとクールな弥生人《やよいじん》の顔だら、そして琴の曲によく似合う声。茂田店長は虹智の中で日に日に格好良くなっていくばかりである。

「い、ら、しゃ、い、ま、せ」

客が少なく閑《ひま》になれば、虹智は意識的に手を軽く叩《たた》き練習する。次第に手の叩くペースを上げ、「いらしゃいませ」と幅を狭め、とうとう店長と同じ長さに収まった。

虹智が興奮して叩く手も乱れたとき、ちょうど店長が通りかかった。あるいは呼びに来たのかもしれない。

「ココちゃん、三番のお客さんが帰ったから、お片付けを頼むね」

そう言って、店長は虹智の肩を軽く叩いた。細長い指にごつい銀の指輪をいくつもしていた。見えない崖《がけ》からせせらぎの底に流れ落ちたような動悸《どうき》が虹智の体に響き渡った。

「いらっしゃいませ」

三番の個室を片付けていると、また店長の声が聞こえてくる。虹智が顔をやや斜めに上げ、こっそり廊下を覗《のぞ》いてみると、店長は「いら」を発声し終わるなり、グッと腰を曲げ首も下げて「っ」という挫折効果を見事に出したあと「しゃいませ」と続けていった。

「首を下げるのがコツなんだ」

店長のお辞儀からいきなり閃《ひらめ》いた虹智は「っしゃいませ」と思い切って首を下げ後半だけ口に出した。客は横山さんとヒジリちゃんだった。

「ココちゃんはもう慣れた？」

熱々のおしぼりを渡すと、ヒジリちゃんはゆっくりと受け取り、両端を持って少し揺らして熱気がおさまったところで、手を包むように拭《ふ》いた。

「慣れました」

「変な客はいなかったのか」

顔を拭く横山さんも冗談半分で訊いた。

「お客さん皆さんいい人です」

「ほ、そうかい？　良かったな」

「ここはいいお客さんしか来ないわよ。だって高いもの」

「高い店だからっていい客ばかり来るとは限らないよ。こういう悪い客もいるんだからさ」

横山さんは自分の鼻を指して笑った。鼻筋が真《ま》っ直《す》ぐに伸びた高い鼻と日焼けした顔から、大人独特の男らしさが溢《あふ》れた。

「飲み物はいつもので、それにすき焼きの松にしようか」

相手からの返事も待たず、横山さんははきはきとした口調で注文した。ヒジリちゃんはまたヒジリちゃんで、両手でおしぼりを持ったまま、きれいな目で惚《ほ》れ惚れと横山さんの顔に見入っていた。

透き通った氷が浸《つか》った黄金色の響と真っ赤なワイン、翡翠色《ひすいいろ》の小鉢、白い玉のような刺身皿を出した。しばらくして空いた皿を下げてから、鍋《なべ》をセットして火をつけた後、虹智は個室を出て、丁寧に襖《ふすま》を閉めた。

隣の部屋にいる作業服のような格好の客――鈴木さんは、生ビールを啜《すす》りながら、肉を焼いているキョウコさんの顔を眺め、とろんと気だるく笑みを浮かべてキョウコさんの饒舌《じょうぜつ》に耳を傾けている。

「金持ちの客でも捕まえて結婚が出来たらね」という言葉はキョウコさんの口癖だった。そう聞いて、ゲラゲラと笑う仲間もいれば、はぁっと溜息吐《ためいきつ》く人もいる。

「よしんば、金持ちの客がつかまらなくても、キョウコさんには鈴木さんがいるじゃないか。私には誰もいないんだから」

「まさか。私は金持ちを捕まえようと十数年もこのなごん庵で頑張ってきてるのよ。今さらその日暮らしの鈴木さんと一緒になるなんて、とんでもない」

「いい人なのにね。収入は低くても毎月一回は必ずキョウコさんに会いに来てるしさ。今時こんな純情な人は珍しいわよ」

「いい人かもしれないけど、私が二十歳そこそこの娘ならともかくさ、こんなオバサンになって、後何年働けるかわからないのよ。鈴木さんも同じじゃない。その日暮らしの二人がくっついたら生活が出来ないもの。不安でしょう？　どっかにいい人がいないかね」

　つい先日、そんな仲居たちの会話を耳にした虹智は、鈴木さんが毎月食べに来る目的をボンヤリと悟った。不意に個室から洩《も》れるキョウコさんの笑い声が聞こえ、切なくなった。

　六時間があっと言う間に過ぎ、最後の客を送ると、なごん庵の閉店時間になった。虹智はいつものようにお賄《まかな》いを頂いた後ユニフォームの着物を脱ぎ、ジーパンとパーカの姿になって帰路に就く。

「お疲れ様」

　店の玄関で靴を履き、扉を開くや否《いな》や、店長からの控えめな低音が聞こえてくる。

「お疲れ様です」

　虹智ももちろんいつもの鸚鵡《おうむ》返しで応《こた》えた。

　外に出て、鼻から吸った晩春の涼しい夜風が肺を浸す。肺のすぐ横のお賄いで暖まった胃袋がまるで湯たんぽでも抱いているような心地良さである。虹智の足取りもますます軽快になっていくのだった。

　コミュニケーション学が甚だ難しい学科であるのを、虹智は大学に入って二ヶ月経《た》ってからようやく知ることになった。多くの日本人学生に交って、小型の映画館のような大講堂で、虹智と柳賢哲は目立たない中ほどの席に座って、真剣な眼差《まなざ》しで先生の顔を見つめる。

教室の大半の席が埋まったのは、最初の授業の時くらいで、二回目から三分の一が空席になっていた。定年間近の先生の歳月で濁った声は質の悪いマイクを通ると埃《ほこり》のかかったエコーが混ざり、発した言葉の意味を曖昧《あいまい》にしてしまう。

大講堂に入った時にはすっきりと明晰《めいせき》だった頭でも、授業が終わって外に出ると岩海苔《いわのり》の茶漬けになってしまう。周りの学生を注意してみたら、寝る者、携帯をいじる者、漫画を読む者、そうしてぼうっと先生の顔を眺める者、の有様である。

その長閑《のどか》で穏やかな授業風景に、虹智は些《いささ》か不安になる。

「国際関係論の本、読むことができましたか？」

大学の食堂で、授業のあとの沼地のようになった頭を両手で抱え、虹智は眉間《みけん》に皺《しわ》を寄せた柳賢哲に訊《き》いた。

「わかるよ、コクシャイ関係、馬鹿《ばか》もわかるの」

「うそ、私はわからないです」

「ここに俺がいますから、俺と付き合って、ならいいだよ」

「ふん」

虹智は嫌そうな表情をした。

「俺はいい男じゃありません？　コウチさんはシアワシィだよ」

柳は手櫛《てぐし》でボサボサの髪を直しながらいたずらっぽく笑った。

「ふん」

虹智は柳の顔を見る気もせず、重い頭を右手に載せ、店長のクールな顔を思い浮かべた。

「付き合いしましょうよ。俺と一緒にいて楽しいでしょう」

「そう？」

虹智は怪訝《けげん》そうな目で柳の顔を覗いた。

男は怖いよ。母と姉が口癖のように言っている言葉の裏付けになるようなものは柳から何も見いだせない。人懐《ひとなつ》っこく凹凸感のある丸顔もはれぼったい細い目も男というより、文句もバカ話も何でも話せて、信頼のできる友達である。

理想の男はやはり、身なりをピシッと決め、青竹のようにしゃきっとした竹《たたず》まいで、洗練されたクールな大人顔──店長みたいな人だ。店長の畏まった振る舞いも、佇まいも、腰を曲げた際に出る「っ」の絶妙な声の響き方に至るまで、そんな洗練された男ぶりは中国人にも韓国人にも真似できないのだ。

虹智は落ち込んだ表情で溜息を一つ漏らした。

水道局局長

梅雨入りしてじっとりとした気候が続くと、などん庵にとってのシーズンオフの始まりでもある。蒸し暑い梅雨空のせいか、時折虹智は胸に何かが籠《こも》ったような違和感を覚え、ついつい無意識に溜息《ためいき》をついてしまう。

「ココちゃんは最近恋煩《こいわずら》いをしてるでしょう？」

厨房《ちゅうぼう》の横で呆《ほう》けている虹智の後ろからヨリコさんはひょいと現れた。

「コイなんですか？」

虹智はヨリコさんの言葉を聞き取れず、訊《き》きかえした。

「こ、い、わ、ず、ら、い、知らない？」

「知らないです」

虹智は茫然《ぼうぜん》と首を振った。

「恋の病気に罹《かか》ったって意味よ」

ヨリコさんは意味ありげに笑った。

「恋の病気？　違います」

虹智は顔を赤らめて、首を強く振って否定した。

「いいのよ、ココちゃんは可愛《かわい》いもの、恋愛しないほうが不自然なんだから」

「違います。恋愛、違います」

虹智は首をますます強く振った。

「はいはい。わかったよ。シイちゃんからは監視してくれって頼まれたけど、告げ口なんてしないよ。恋するってのは若い子にとっての最も大事な仕事だよ」

ヨリコさんはそう言い残し、また優美な小走りで客室に行ってしまった。

虹智は両手で暫《しばら》く胸を押さえ、呆けていた頭で今の出来事を把握しようと努めた。

「恋をするのは仕事。でも恋愛の病気は、コイ何とかと言うんだ」

胸に手をあてて コイ何とかという言葉を検索したが、どこかへ消えていった。

「いらっしゃいませ」

店長の晴れやかな声だ。

「いらーっしゃいっまーせ」

虹智も小さい声ながら繰り返した。「っ」で醸《かも》し出す躓《つまず》き感を少し摑《つか》めた気がした。

銀色のレースで縁を取ったピンクのワンピースに、銀色のバッグを持ったヒジリちゃんが同じ銀色のハイヒールを入口のところにぬぎ、中ほどの個室へと向った。そのあとにヒジリちゃんの陰から小柄の背広姿の男が見え、すぐに同じ個室に消えた。

虹智は手の甲で強く目を擦《こす》り、戸惑いながらお盆に熱いおしぼりを載せて個室に向かう。

小柄の男は虹智の眩暈《めまい》による勘違いではなく、現実だった。これまで失礼にならないよう、お客さんをじろじろ見ることを控えていた虹智は、おしぼりを男に手渡した際、好奇心を搔《か》き立てられじろりじろりと男の顔を何度も見た。

男は小柄の体に見合った小さくて瘦《や》せこけた顔をしていた。細い目の周りに深い皺《しわ》が放射線状に伸び、話すときに尖《とが》らせる口元の皺は鼠《ねずみ》の長い髭《ひげ》のように見えた。

「久しぶりだね。一ヶ月もフィリピンにいたら、日本に帰りたくなくなっちゃうね」

「フィリピン生活が楽しいのね」

「やあ、参ったよ。毎晩酒と女とでさ、あ、違うか。は、は」

小男の口元の皺が上下にうねって、笑い声と一緒に拡散した。

「あら、冷しゃぶのコースがあるじゃない」

ヒジリちゃんは小男の言葉を聴く素振りもなく、夏のお勧めメニューに見入った。

「牛肉なの？」

「牛、牛肉？　訊きますから」

虹智はヒジリちゃんからの急な質問に答えられなかった。冷しゃぶはまだ出たばかりのコースで、客から尋ねられたのははじめてである。

「あ、いいの、牛って書いてあったわ」

ヒジリちゃんは二重の目を吊《つ》り上げ、虹智をニヤッと一瞥《いちべつ》した。

「君もフィリピーナか？ 違うか」

小男は怪訝《けげん》そうな目を虹智に向け、口元の皺がまた活発にうねり出した。

「ココちゃんは、中国人だよね」

ヒジリちゃんはつまらなそうな表情で小男に目を遣《や》った。

「はぁはぁ、ココちゃんというの。ココナッちゃんを思い出しちゃうね。またフィリピンか」

小男は握った手で頭を叩いた。

「冷しゃぶのコース……でも、やっぱりすき焼きの松、松阪牛極上霜降りにしよう。社長も久しぶりに和牛の美味《おい》しいすき焼きを食べたいんでしょう？」

「そうやそうや、松阪牛ね、懐《なつ》かしいわ」

小男はおしぼりを両手で振りまわしながら答えた。

「お飲み物は？」

「飲み物か。響のオンザロックを飲もうかな？」

とヒジリちゃんは言った。

「君、そんな気取ったものを飲むのかい？　響なんてここにあるの？」

「ハイ、あります」

虹智が小男の顔を覗《のぞ》いてみると、あの鼠みたいな口を小刻みに顫動《せんどう》させながら、飲み物のメニューを真剣に見ている。

「やっぱりビールでいいよ」

虹智は個室から出て、小走りで厨房に行った。キョウコさんが二人の仲居さんとお喋《しゃべ》りしている。

「七番、すき焼きの松」

虹智は厨房の中に伝わるように少し大きい声で言った。

「七番ってヒジリちゃんのとこ？」

キョウコさんは自分たちの会話を中断させ、虹智に訊いた。

「今日は横山さんと一緒じゃないでしょう？」

「はい、何とか社長さんです」

「ふ～ん」

キョウコさんは興味のない表情で鼻から息を吐いた。

「山田社長じゃないの？」

隣のオバサンは何となく呟《つぶや》いた。

「フィリピンの社長です」

「あ、あれだ、ほら背の小さい何とか社長」

オバサンは天井に目を向け口を半開きにし頭を振った。男の名前を絞り出そうとした。

「あ、あれね、フィリピンによく行く鼠男ね。知ってる知ってる」

キョウコさんもオバサンと同じ表情で、脳で小男の名前を検索中という表情を見せた。

「何で横山さんと違うお客さんですか？」

虹智は不思議そうに三人に訊いた。

「あの人はミズショウバイだから」

「水、商売？　水を売るとか買うとかという意味ですか？」

虹智はキョウコさんの言葉を頭の中で変換してから、またキョウコさんに意味を確かめた。

「そう。それをミズショウバイっていうのよ」

中国の水道局に当たるのだろうか。と中国語から適切なミズショウバイの意訳を見つけ、ならば、あの小男は水道局局長なのか。そう推測しながら虹智は、座敷に向かうキョウコさんたちの後姿に頷《うなず》いた。

小鉢とお造りの後、鍋《なべ》をセットして、火を点《つ》けてから、虹智はいつものように個室から出ようとして、「ごゆっくり召し上がってください」と言い、深々とお辞儀をした。

「あ、ココちゃん、作ってくれないの？」

ヒジリちゃんはピンクの柄物ハンカチを手に持ち、上品そうに唇に軽く押しあてながら言った。

「作って？」

「ごめん、あたし、すき焼きの作り方がわからないの。作ってくれるよね」

「はい」

虹智はこの個室の仕事が終わったという思いで半ばリラックスした体を、慌《あわ》ててしゃんとさせ、菜箸《さいばし》を手に取った。

横山さんと来る時にはいつも自分で作っていたというのに、ヒジリちゃん、どうしたのだろう、と前頭葉に疑念の雲が泳いだ。

「すき焼きほど簡単な食べ物はないじゃないか。君もたまにはやってみたらって俺は毎回言ってるだろうに。俺がやってみせようか？」

　小男は虹智の握っている菜箸に手を伸ばしてきた。

「社長、ココちゃんにやらせてくださいよ。ここに来たら、やっぱり本格的なすき焼きを食べたいのよね。それにココちゃんの味ってなかなか美味しいって評判だってさ」

「ふ〜ん」

　小男は気落ちした表情になって黙った。

　虹智はゆっくりと牛脂を鍋に落とし、丁寧に黒い鍋に塗り廻した。牛脂が這《は》った艶《つや》のある跡に翡翠《ひすい》のような葱《ねぎ》を二つ並べ、割下を垂らした。細い香ばしい煙がテーブルの上にたおやかにあがって行くのを確認し、葱の横にそっと霜降りの肉を並べた。

「はぁ、美味しそう」

ヒジリちゃんはハンカチを置くと、箸を持ち上げた。男も鼻から香りを吸って喉《のど》を鳴らした。肉が一枚ずつヒジリちゃんと男の皿に運ばれた。

「ココちゃんってさ、日本語がわかる？　ジャパニーズわかるの？」

肉を堪能《たんのう》すると、男は重い沈黙を破った。

「余りわかりません」

虹智は口元に微笑《ほほえ》みを浮かべて答えた。

「ん、ハウロング、日本に来てハウロング？」

男はまた訊いた。

虹智は菜箸を持つ手を止め、口元の微笑みを消し、目を大きく見張って、わからないという表情を作った。

「日本に来て何年ですかって」

ヒジリちゃんは日本語に訳した。

「あ、二年です」

虹智はホッとして、再び菜箸を動かした。

「じゃまだまだね、俺二十年もフィリピンに通ったけど、タガログ語なんてさっぱりだよ」

「でも、社長は英語がお上手ですから」

「いや、とんでもない、飲み屋の姉ちゃんとは何とか通じるけど」

「モテモテで、もう日本に帰りたくないでしょ？」

「俺はフィリピンに行っても、ヒジリちゃんのことばかり考えちゃうんだよ。いつも恋煩いにかかってるみたいでさ」

男はいちいち虹智に白目を剝《む》きながらも、その都度続けて真剣な眼差《まなざ》しをヒジリちゃんに投げるのだった。

「コイワズライ」

ずっと思い出そうとしていた言葉が、思わぬところで虹智の耳にキャッチされた。鍋の中で奮闘する牛肉の出来映えを俯《うつむ》いたまま黙々と見張る虹智は、無言でその言葉を繰り返し、頭に叩き込んだ。

「フフン、コイワズライね、いろんなところでかかっているんじゃないの」

ヒジリちゃんは目を皿の中の肉に凝らし、口から笑みを零《こぼ》したわりには顔が全く笑っているように見えなかった。

花びらのように皿に飾られた肉がついに空っぽになった。ヒジリちゃんは席を立ち、片手にハンカチを握り、もう一方の手に銀色のバッグを持って、お手洗いに行った。

「はぁ、女って難しいねって言いたいところだが、君」

小男は、テーブルからおしぼりを取って顔中を乱暴に拭《ぬぐ》い、溜息《ためいき》を漏らしたかと思えば、残りの野菜を取り分けている虹智に突然荒い息をかけた。

「はい」

小男と二人きりで個室に残された虹智はかすかな不安を覚える。

「君は中国人だろう。チャイニーズだろう。今度俺とデートしよう」

男はやや縺《もつ》れた舌で言った。

虹智は表情が固まり、目だけをますます大きく見開いた。

「デートってわかんないのか？　つまり二人きりになること。金もあげるから、欲しいんだろう」

男は言いながら、財布を取り出し、中から一万円札を一枚抜き、虹智の菜箸を握る手に押し込もうとした。

「すみません、すみません」

どうして良いかわからない虹智は、男の手を振り払って後ろに下がった。振り払われた男の手が虹智の帯を摑み、無理やり一万円札を帯に突っ込んだ。虹智が逃げるように慌てて個室から出てくると、お手洗いから戻ってきたヒジリちゃんとぶつかってしまった。

「ココちゃん、大丈夫？」

ヒジリちゃんは立ち止り、両手で虹智の腕を支えた。

「はい、すみません、すみません」

虹智はヒジリちゃんにしきりに頭を下げ、慌てて厨房《ちゅうぼう》の方に走った。

「今日も冷しゃぶコースを注文する客はとうとう現れなかったね」

延々とひたすら降り続ける梅雨がやむことはなかった。脱いだ着物の帯から落ちた一万円札を財布に仕舞い、着替え終えた虹智が更衣室から出てきたとき、店の看板の電気を消したヨリコさんが、ちょうどレジの中で売り上げを計算している店長と話していた。

「夏はこれからだから」

店長はお金が乱雑に散らかるレジから顔をあげて、クールな表情に一抹の笑みを見せた。

「お先に失礼します」

虹智は眩《まぶ》しそうに目を下に向け、一礼をして、早足で店を出た。

「お疲れ様でした」

店長の響きの良い低音とヨリコさんの絹の光沢のように柔らかく澄んだ高めの声とがハーモニーとなって虹智の背骨にぶつかった。笑みを作り振り返ろうとした虹智は思わずよろめきそうになり、差そうとしていた傘でとっさに路面を突いた。小雨の中、じっとりとした空気を吸ってから、帰途を急いだ。

オーディエンス効果

姉の思智は最近再就職活動に勤《いそ》しんでいる。月収二十万台の中国語を使う輸出入企業の正社員の募集を狙《ねら》い、面接を受けた会社が一ヶ月で数十社に上ったというが、未《いま》だに結果に繋《つな》がっていない。思智の顔が日増しに暗くなり、食事を作るとなると、皿や鍋《なべ》がやたら硬い金属音を立てるようにもなった。

きっと苛立《いらだ》っているのだろう。虹智はそんな姉に気遣って、毎朝出かける前に必ず姉のスケジュールを聞き、遅くなりそうな時は、大学の図書館での勉強を早めに切り上げ、幼稚園に通うもこを代わりに迎えに行くようにもした。

大学の授業についていこうとして精一杯の虹智は、授業の後もアルバイトのない日はいつも柳賢哲と一緒に図書館で閉館時間ギリギリまで勉強していたが、あるときふと本から顔をあげたときに、ぼうっと虹智を眺める柳賢哲と目が合ってしまった。以来気にしてひそかに柳賢哲を観察すれば、自分を眺めているか、本を眺めていても、ページを決して捲《めく》っていないことに気づいた。そのせいなのか、ある種ぼやけた恥ずかしさがいつしか虹智の胸に膨らみ、柳賢哲と話すときにもいちいち突っ掛かり、柳賢哲の顔を真《ま》っ直《す》ぐに見られなくなった。

「コウチさん、最近俺と遠くなりたいですか？」

いつものように柳賢哲は虹智と一緒に食堂に入って、トレーにご飯とお惣菜《そうざい》を載せ、勘定を済ました後、窓際《まどぎわ》の席に向かい合って座った。

「遠く？」

「なんですか、いつも日本人の学生の中にハイタ」

「すみませんけど、違いますから。日本語わからないから日本人に聞きますよ」

「俺辞書もありますから」

「それは韓国語と日本語」

「あなたも中国語と日本語ありますじゃない？」

「でも意味わからない言葉たくさんあります」

虹智は不機嫌になった。

「俺教えますから」

「柳さんもわからないね。しかし、二人いつも一緒にいますから、みんな間違いますから」

「何ですか」

「柳さんは恋人ですかと上島さんが聞きました」

「そうですと答えるがいいじゃないですか？」

「違います」

虹智は紙ナプキンでそそくさと口を拭《ふ》き、テーブルに散らかっていたものをむちゃくちゃにトレーに載せると席を立った。

「コウさん、コウさん。まってくださいよ。これはただのオーディエンスの間違いですから。私たちはコミュニケーションを勉強だから、コミュニケーション大事ですから」

柳はくだくだしい自己流のコミュニケーション論を呟《つぶや》きながら、虹智の後ろについて食堂を後にした。

「あら、いつも仲がいいのね」

二人のちょうど向かいから亜麻色の長い髪の女の子が腕に大きな四角いカバンを提げて歩いてきた。

「こんにちは。食堂に行きますか？」

虹智の顔が一瞬にして真っ赤になってしまった。よりによってまた柳賢哲と一緒のところで、さっき話に出ていた上島さんとばったり会うとは。

「はい、上島さん、こんにちは」

柳は嬉《うれ》しそうに手を小さく上げて、意味深な表情で上島さんに挨拶《あいさつ》した。

上島さんは大きな目を眩《まぶ》しそうに細くしかめ、口元になるほどという笑みを浮かべ、手を招き猫のように振り、「じゃ、また後でね」と言い残し、すれ違っていった。

虹智は強い不快感を覚え、影のようにくっついてくる柳賢哲から早く逃げたい一心で、気が付いたら早足で教室方向に走っていた。

「コウチさん、コウチ、コウチ、待ってくださいよ」

後ろから追っかけてくる柳賢哲についに虹智は呼び捨てにされた。

姉の思智は意外にもすっきりした笑顔でもこと一緒に虹智を待っていた。

「仕事決まったの？」

「ん、一応」

「どんな？」

「まぁ、今流行の派遣社員ってやつだけど」

「派遣？」

「たまたま登録していた人材派遣の会社から電話が入ったから。一般事務の仕事だけど、中国人の客が多いので、仕事を廻してくれたんだと思うよ。子持ちの中国人オバサンだし、働く場所があるだけでもありがたいよね」

　思智の笑みに憮然《ぶぜん》とした侘《わび》しさが漂った。

「いいんじゃない。姉ちゃんにはもともとお義兄《にい》さんもいるんだからね」

「そうね。主婦だもんね」

「お義兄さんの仕事は大変そうだね」

「日本のサラリーマンだから、仕方ないよ」

　思智は溜息《ためいき》をついた。

　虹智は思智を慰めようにも言葉が思い浮ばなかった。思智はおもむろに立ち上がり、欠伸《あくび》をしながら台所に入った。しばらく静寂が続いた後、いつもより控えめに皿と鍋とのぶつかる涼しげな金属音が聞こえてきた。

　姉夫婦にはやはり何かあったのだろうか。虹智は気になって訊《き》こうと思っても、訊き方がわからない。立派な大人になったにも拘《かか》わらず、なぜか依然として思智と対等の話しかたができない。この悩ましき問題はずっと虹智を惑わしている。

歳《とし》が離れているというだけで、思智の前では虹智はいくつになっても大人として扱われることがないだろうし、思智はどんなに悩み事があってもきっと相談してくれないだろう。コミュニケーション学を専攻している虹智には、最も身近で親しいはずの存在である姉の思智とのコミュニケーションにさえ躓《つまず》いているのなら、大学の勉強もうまくできるわけないのではないかと思えてならなかった。

「ねねね、幼稚園で赤頭巾《あかずきん》ちゃんとオオカミさんを見たよ」

ももこは手に赤頭巾ちゃんの絵本を持って虹智の傍に寄ってきた。

「あ、そう、これ、なんですか？」

虹智は絵本の中の狼《おおかみ》を指してももこに訊いた。

「オオカミさんだよ」

「お、オオカミさん、怖いでしたか」

「怖くないよ。だってアヤコシェンシェイだったもん」

「アヤコ先生はオオカミでしたか」

「ん、アヤコシェンシェイがオオカミさんで、マリコシェンシェイは赤頭巾ちゃんだった」

「赤何ですか？」

虹智はまた慌《あわ》てて絵本の赤頭巾ちゃんを指して訊いた。

「アカズキンちゃんだよ。マリコシェンシェイだったって、ももはすぐわかったの。ああ、面白かった」

台所からは焼き魚の香ばしい匂《にお》いが幽《かす》かに漂ってきた。虹智が鼻で大きく息を吸うと、家庭に特有の生活臭さが焼き魚の煙と一緒に鼻腔《びこう》を通って噎《む》せた。

「いらっしゃいませ」

虹智はやっと「っ」のところできれいな挫《ざ》折《せつ》感を出せた。

二階奥の和室に通された藪中《やぶなか》夫婦に、虹智は冷たいおしぼりを差し出し、顔に優しい笑みを浮かべ、メニューを見る藪中さんからの注文を待った。

「お前は温かいお茶か？」

藪中さんは奥さんに優しい口調で聞いた。

聞こえていないようだった。奥さんは目が深く窪《くぼ》み、歳の分の歳月が沈積し、瞳《ひとみ》はそれに堪えるようにじっと動かず無表情のままだった。

「かずこ、お茶でいいの？」

藪中さんはテーブル越しに大きな手で初冬に葉の落ちた後の枯れ枝のような奥さんの小さな手を握った。

「うん」

奥さんの目が一瞬光ったが、またすぐに無表情になった。

「お茶でいいのね、温かいお茶で」

藪中さんは奥さんの手をもう一度強く握りなおした。奥さんはやっと頷《うなず》いた。

「じゃ、生ビールと温かい日本茶を頂戴《ちょうだい》」

虹智に向けられた藪中さんの充血した目には、これまでに見たことのない、絶望に近い悲しいほどの優しさが溢《あふ》れていた。

藪中夫婦が注文したすき焼きの肉は三分の二も余ってしまった。呆然《ぼうぜん》としたまま箸《はし》を持とうともしない夫人の口に、藪中さんは肉を運んだが、食べさせることに成功したのはほんの三、四回で、そのうち諦《あきら》めた藪中さんはビールばかり飲むようになった。

そんな食事は小一時間で済んだ。老夫婦を店の玄関に見送った後、ヨリコさんとキョウコさんの口から度々漏れた溜息に「ニンチショウ」という言葉も混じっていた。その言葉を拾い聞きした虹智は、急いで更衣室に行って辞書で調べた。

認知症=一度発育した脳が損傷を受けたことによって、それまでに獲得された知的能力が低下する状態、云々《うんぬん》と書いてあった。

知的能力が低下するという病気は認知が出来ないはずなのに、認知する症になっている。虹智は首を傾《かし》げ、藪中夫人の動かなかった瞳に見つめられているような気がした。虹智の脳裏に浮んでいるその瞳は世間を認知しきっているようにも思えてきた。

韓流《ハンりゅう》スター

梅雨明けが近付き、晴れの日も増えてきた。満員電車に乗るのもついに辛《つら》く感じるようになった。汗ばむ手にいつも小さいハンドタオルを握り、汗が湧《わ》いてきたところに随時あてるのだ。

大学の一限目は相変わらず出席者が少ない。いつも大きなカバンで席を取ってくれる柳の姿が珍しく見当たらない。虹智はわだかまっていた何かがすっと抜け、微笑《ほほえ》んだ。教室の入り口の近くに亜麻色の長い髪と白い木綿のシャツが目立つ一味違う爽《さわ》やかな人が見えた。上島さんだ。

「ここ、私スワテモいいですか?」

虹智はさらに笑みを濃くして上島さんの傍に寄った。

「あ、コウチさん、おはよう。座っていいよ、けど柳さんは?」

「知りません」

虹智の笑みに少しだけ渋みが滲《にじ》んだ。おにぎりをかじっていた上島さんの笑う唇と歯に付いた海苔《のり》は、黒く描いた大きな目と妙にマッチして漫画的になった。

「朝ごはんですか?」

「そうよ。コンビニのおにぎりとコーラ。コウチさんは?」

「食べたよ、家で」

「中国人ってさ、朝何を食べるの?」

「いろいろです。私は今日パンを食べました」

「パンって、日本のパン？」

「そうです。スーパーで買ったパンですよ」

「何だ、日本人とかわらないじゃん」

「しかし、私はおにぎり好きではないです」

「おにぎり好きじゃないの？」

「そうです、おにぎり冷たいご飯でしょう、お料理もないし」

「へえ、あし大好きだけどね」

上島さんは何故《なぜ》か自分のことを「私」ではなく「あし」と言う。初めは虹智には理解が出来なくて、「あし」と聞いて思わず上島さんの脚を見てしまった。上島さんはミニスカートを穿《は》くことが多いのだが、肩からウェストにかけては痩《や》せていて、細い子だなと思っていたのに、思いのほか脚がかなり太いのだ。

「上島さん細いですね」

「そう？　最近太ったって彼氏に言われてるんだけどな」

「彼氏は誰ですか？」

「高校から付き合ってて、今別の大学に行ってるの」

「恋人ですか？」

「そう、恋人だよ」

「恋愛はどうですか？」

「楽しいよ。コウチさんはどう思ってるの？」

「わかりません」

「柳さんのことを余り気に入ってないの」

「柳さんは友達ですよ」

「でも柳さんはコウチさんのこと友達だとは思ってないかもよ。あし、柳さんは格好いいとおもうけど」

「格好いいですか？」

「まあ、格好いいというか、男らしいというか。ほら韓国人っぽい性格っていうか」

虹智は手振りを交えて話す上島さんを見て、考え込んでしまった。先生が咳《せき》をしながら入ってきた。

「おはようございます。しかし、暑いね。こんな暑い中人の集まるところに出たくないとも思うけどさ。さてヒューマンマシンインターフェースの講義を始めようと思います。人間と機械とのお付き合いですね」

喉《のど》の雷が収まってから、先生はやや俯《うつむ》き加減に目を教壇に置かれた教科書に据え、ゆっくりと語り始めた。

「パソコンはみんな持ってるでしょ？　あ、持ってないの？」

教室の隅に座る誰かから予想せぬ声が上がったので、先生は角度よく構えていた頭を急に四十度ほど上げ、視線をその学生の顔に向け、「コミュニケーション学の勉強をするなら、どうぞ買ってください」と言ってまた元の姿勢に戻った。

「パソコンは皆さんにとって一番身近な機械だとおもうんです。パソコンでも、OSは昔なら何とか２０００とか、XPとか、今はVistaとかまあいろいろありますけど、機械としてのパソコンはみな一緒なんだ。それなのにさ、僕は、自分のパソコンを使うときは調子がいいのだが、妻のパソコンを使うとどうも調子が悪くて仕事が出来ないんだ。

まあ、妻も妻で恐らく、僕のパソコンを使ったら調子が悪くなっちゃうんじゃないのかと、僕は思うんだ。つまりだな、僕という人間は僕のパソコンと長く付き合ってきて、お互いになれて、もう性格も知っちゃってるから、相性がいいのだが、妻という別の人間は僕のパソコンの性格がわからないし、僕のパソコンもまた、僕の妻という見知らぬ人間の性格がわからないんだ。

だから人間とパソコンが付き合うのも人と人が付き合うのも同じことなんだ。初めて会う人とスムーズにコミュニケーションを取れるはずもないんだよ」

先生のパソコンも先生の妻のパソコンもどんなものかわかるはずもない、にもかかわらず虹智の脳裏に二台のパソコンが飛び交い始めた。

「だからさ、僕が妻のパソコンを使おうとするならば、先《ま》ずそのパソコンとコミュニケーションを取らなければならない。僕の妻も僕のパソコンを……」

鉄の粉塵《ふんじん》でも混じったかのように先生の声が段々かすれてきた。さながら苛立《いらだ》つ姉の思智が台所でわざと立てた料理器具がぶつかる騒がしい音に聞こえてくる。皿や鍋《なべ》も機械のうちに入るのだろうか。

虹智の頭に、パソコンに加え、家の雑然とする台所も激しく廻り始めた。皿や鍋にとって、コミュニケーションが足りないわけはない。姉が会社を辞め、ももてを産んでからずっと毎日のように台所とお付き合いしてきているのだから。それとも姉と台所及びその中にある諸々《もろもろ》の調理器具は付き合いに飽きたのだろうか。先生のパソコンと姉の台所の調理器具に惑わされ、昼になって行った学食も不味《まず》くなってしまった。遅れてきた柳は食堂でやっと追いつき、虹智の傍のいつもの席を奪回した。上島さんは向かいの席で意味ありげな笑みを浮かべて二人を眺める。

「ねぇ、柳さん、アンニョンハセヨ」

突然上島さんは韓国語で柳に話しかけた。

「おう、アンニョンハセヨ」

「カムサハムニダ」

「チャルプタクハムニダ」

「ああ、ついていけない」

上島さんは頭を左右に振りながら大声で笑い出した。

「上島さんは韓国語上手ですね」

ずっとわからずに聞いていた虹智は羨《うらや》ましそうに言った。

「や、だってあしのママはヨンさまの追っかけなんだもん」

「あ、お母さんはあのぺー、ぺー何好きですか」

「そうそう、ヨンさまね、大好きみたいだよ、一時期韓国語を習うからって、あーも付き合わされちゃってさ」

「そうそう、ヨンさまでです。私も冬のあなたを二回見ましたよ」

虹智は姉の思智がいつも見ている韓国ドラマを思い出した。

「冬ソナね。あしもママと一緒に見てたからさ。見ながら韓国人の男は男らしくていいわとか、あなたも韓国人と結婚したほうがいいよと言われたりしてさ」

「そうですよ。結婚は韓国人の男ですね」

柳の目は急に輝き出した。両手で自分の胸を叩《たた》きながら、テンションを上げ、大きい声でアピールした。

「ふ〜ん」

虹智は不思議そうな表情で、顔を横の柳に向けた。目が柳の起伏のある顔からしばし離れなかった。

柳も虹智に応《こた》えようと、高鳴る鼓動を抑えようとしているらしく、息を潜め真剣そうな表情で虹智の視線に耐えた。

「どう？　いい男になってきたかな」

柳の言葉を受けて、上島さんは一瞬おどけた表情をして、興味津々《しんしん》な目で虹智を睨《にら》んだ。

何も言わず、柳の顔から視線を食事に戻した虹智は顔を限りなくご飯のお碗《わん》に近づけた。男性の顔を真剣な眼差《まなざ》しで見たのは初めてのことだった。そのとき、男性としての柳が虹智の中の何かを目覚めさせたのだ。

浴衣《ゆかた》

雲一つなく晴れ渡った眩《まぶ》しい夏空の下、毒々しささえも感じる日差しに熱せられたアスファルトの道には、黒い油の点が光っている。道を歩けばあたかも焼き網の上でもがく海老《えび》のようで、二十分も経《た》つと顔が真っ赤になり、体中から海老の汁のようなものが湧《わ》き出てくる。

午後四時になっても真昼となんら変わりなく、暑さが増すばかりだ。着物に慣れた虹智は、十分もあれば余裕で着替えができるようになった。にもかかわらず、勤務時間より一時間も早く、厳しい暑さからなごん庵《あん》に逃げ込むように出勤する。

せせらぎのような琴の調べ。ひんやりとした床の、緩やかな曲線を成した木の紋様。寂しさも不安も落ち着かせてくれる襖《ふすま》の和紙。そして近頃人気が出た冷しゃぶタレに入った紫蘇《しそ》の爽《さわ》やかな香。音も空気も匂《にお》いも浮世離れした別世界のものに感じてくる。外の烈日と打って変わって同じ地球にいると思えないほどの心地良さである。

更衣室の畳に座り、クーラーから吹き出る冷風が背中に当たるようにして、なごん庵特製の冷たい緑茶を一気に飲み干すと、さっきまで暑さでムクムクふくらんだように辛《つら》かった体がしんなりとして、畳にコロンと横になってしまう。

物思いに耽《ふけ》りながら一服して、汗が引いた頃に、畳に正座し直し、首筋をまっすぐに伸ばし、続いて背筋も腰筋もまっすぐに、両手を尻《しり》より少し後ろの畳に突き、膝《ひざ》を伸ばし立ち上がるのである。

紐箱《ひもばこ》を傍に、着替え始める。下着、肌襦袢《はだじゅばん》、長襦袢。紐が一本、二本と体を締め付けていく。夏もこんなに着るということが、不思議で仕方ない。そもそも長ネギを束ねて買って帰るのは晩秋の候なのだから、夏に買う葱《ねぎ》はせいぜい紐の一本か二本で充分のはずだった。こんな夏の日には、肌襦袢も長襦袢もそしてこの紐たちも省くことができないものか。

一瞬閃《ひらめ》きのようなものが頭をよぎったのを覚え、腰に廻した紐を引っ張った両手が止まり、体が幾分緩んだ。数秒ののちに、頭をよぎっていった閃きを脇《わき》にのけ、また手に力を入れ、グッと紐をきつく締めた。

廊下に漂う紫蘇の香味に触れ、虹智の優雅に小走りする足元には、不思議な弾力に満ちた軽やかさがある。そのリズムが足首の高さに設置された廊下のオレンジ色のライトに照らされた和紙の襖と木目の艶《つや》に溶けこんで、白足袋の足が床とすれるのも一種の芸術になった。

「いらっしゃいませ」

七時になってやっと一組の客が来た。虹智のだらけた声は喉《のど》の中を一周して、そのまま呑《の》み込まれてしまった。

一ヶ月ぶり、いやもっと久しぶりだったろうか、ネクタイ無しの紺色シャツとグレーのズボンというクールビズスタイルの横山さんは、クールな表情で、着物姿の仲居たちに会釈《えしやく》しながら入ってきた。

その後ろに横山さんと同じくらい久しぶりの上機嫌な笑顔のヒジリちゃんが、着物歩きでとことことついて入ってきた。

「きれい、ヒジリちゃんは浴衣が似合うね」

虹智の横に立っているキョウコさんは賛嘆した。

ヒジリちゃんは溢《あふ》れんばかりの笑みでキョウコさんにお辞儀をして、横山さんについて個室に入っていった。身を包んだ白地に藍《あい》と紫の大きな花柄の浴衣を青の帯でまとめ、いつもの長い髪を高く結い上げ、頭上で花の形に結んでいた。両鬢《りょうびん》から数束の髪が頬にたれて、いつもの美しさをさらに艶《なまめ》かしく飾った。

目の前を通ったヒジリちゃんから幽《かす》かながらも涼しげな女の香が漂ってきた。虹智の怠けていた体の奥底に正体不明の妙な蠢《うごめ》きが湧き上がるように感じた。

ヒジリちゃんは、一万円のチップを虹智に押し付けた社長と一緒にきた後も、毎週のように様々な男を店に連れてきてはすき焼きを注文し、決まって虹智がテーブルについてすき焼きを作るのだった。

男たちにどんなに媚《こ》びへつらわれても、ヒジリちゃんは仏頂面《ぶっちょうづら》でろくに笑顔を見せることもなかった。時にそこに居合わせる虹智まで気まずくなり、個室から逃げ出したいような思いをさせられることもあった。

「着物、きれいですね」

おしぼりを運んできた虹智はヒジリちゃんに羨《うらや》ましそうに話しかけた。

「これ、着物じゃなくて、浴衣と言うの。横山さんからの誕生日のプレゼントなのよ、ねぇ」

ヒジリちゃんは言いながら、澄み切った瞳《ひとみ》から意味ありげな眼差《まなざ》しを横山さんに投じた。

「遅くなってごめんね」

横山さんも笑顔でヒジリちゃんを見つめ返した。

「響のオンザロックで、君はいつもの赤ワインでいいな？」

横山さんはおしぼりで顔を拭《ふ》きながら飲み物を注文した。

ヒジリちゃんの黒い髪から覗《のぞ》く白い頸《くび》がやや前に曲がり、半円形を描いた浴衣の襟《えり》がうなじとの間に見事な三日月を作っている。その風景を目に、虹智は動悸《どうき》みたいなときめきを覚えた。慌《あわ》てて目を逸《そ》らし、使い終わったおしぼりをいい加減にお盆に放って出てきた。

横山さんとヒジリちゃんは冷しゃぶを二時間以上もかけて食べた。店の前で寄り添って仲よくタクシーを待つ後ろ姿を見送った後、二人のことはまたひまになった仲居たちの語り草にされた。

「てっきりもう切れたかと思ったら、続いてたのね」

「あの様子じゃ、ヒジリちゃんは本気になっちゃったんじゃないの？」

「まさか。ヒジリちゃんはプロなんだから」

「猿も木から落ちるって言うじゃない」

「まぁ、本気でも浮気でも、若さと顔があれば、金持ちを捕まえられるし、たとえ結婚が出来なくても金を取ってバイバイしてもいいしさ。いつか金持ちと出会えたらいいなってこのなごん庵で働いてるけど、オバサンじゃ無理ね」

「本当ね、年には勝てないわね。ココちゃんに頑張ってもらうしかないわ。ねぇココちゃん」

脳裏にぼんやり広がる風景がその声で壊れ、あっという間に影もなく消えてしまった。虹智は目をまん丸にして疑問形を作り、視線で仲居たちに問いかけた。

「ココちゃん、最近なんだか魂が抜けたようで、どうかしたの？　コイワズライにでも罹《かか》ったの？」

キョウコさんの視線は虹智の顔を這《は》い廻った。

「いいえ、いいえありません」

虹智は顔を真っ赤にして頭を振った。

「男には気をつけな。変なのに引っ掛かったら大変なことになるわよ」

「はい、わかりました」

虹智は素直に頷《うなず》いた。

客が少ないせいで牛肉が余ったのか、今日のお賄《まかな》いは贅沢《ぜいたく》極まりないすき焼き鍋《なべ》だった。虹智が店に入ってからはじめてのことである。ヨリコさんは店の玄関先に立つ看板の灯りを消し、店長をはじめ従業員一同、二階の小部屋の襖を外して大きな和室を作り上げた。

小さい机を繋《つな》げた長いテーブルに一定間隔で鍋をのせたガスコンロを置き、両側に仲居たちは着物姿のまま正座した。

「なごん庵でのすき焼きは何年ぶりかしら？　前回は確か一昨年の忘年会でしたよね」

「もっと昔のような気もするけど」

「かもしれないね。割下ばかり飲んでるけど、たまには食べてみたいもんですよね」

鍋から上がる幽かな熱気に誘われたかのように、仲居たちは一斉に視線を鍋の中に落とした。

「もういいんじゃないの」

その声で、どの鍋にも複数の箸《はし》が伸びた。

「ココちゃん、もう慣れたかい？」

ココちゃんの向かいに座っている店長は、鍋に野菜と肉を入れながら虹智に訊《き》いた。

「はい、慣れました」

このように面と向かって店長と話すのは初めてで、肉が盛られた皿に伸びようとした虹智の箸が震え気味になった。

「美味《おい》しいぞ。ココちゃんは肉が駄目なのか？」

店長は頬を大げさに動かしながら、怪訝《けげん》そうに虹智に訊いた。

「いいえ、肉好きです」

虹智は息を潜め、なんとか心臓の動悸を抑え、とうとう箸を伸ばした。

「働いてみてどう？」

店長は肉をもう一枚取り、鍋に沸き上がる琥珀色《こはくいろ》の割下に潜らせながら、視線で虹智の顔を一刷《ひとは》きした。

「はい、店好きです」

虹智は出来上がった肉を口に入れ、勇気を出し湯気の向こうの店長の顔を見た。起伏のない顔にのっぺりとした目、鼻そして口。白い肌から細かい珠《たま》の汗が滲《にじ》み出ているが、汗が似合わない洗練されたハイカラな顔立ちである。虹智はまた急に恥ずかしくなり、慌てて視線を鍋に移した。

「ココちゃんはよく頑張ってるわ。着物を着るのも二十分かからなくなったでしょう？」

傍に座っているヨリコさんは、鍋から椎茸《しいたけ》を取って虹智の皿に入れた。

「ハイ、十分で着れます」

なぜかヒジリちゃんの顔が虹智の頭をよぎった。襟から覗いた柔かな三日月形のうなじの白さがあまりに鮮烈で刺激されたのか、虹智は思わず左手を頸の後ろに廻し自分のうなじを確認した。しっとりとした滑らかさである。

「大丈夫よ。着物がますます似合ってきたわよ」

ヨリコさんは優しく笑った。

食べ終わって、オバサン衆はそれぞれ大きなお盆を持ってきて片付けを始めた。虹智もみんなの真似《まね》をして大きなお盆を持ち、店長と一緒に食べていたテーブルに向かった。店長はおもむろに畳から立ち上がり、虹智の耳もとで、低い声で囁《ささや》いた。

「頑張って。今度デートでもしようね」

ちょうど散乱している小皿へ手を伸ばそうとしていた虹智は、とっさにその手をテーブルに突き、倒れそうな体と崩れそうな神経を支えた。どこか深いところに埋もれていた曖昧《あいまい》なものがいきなり靄《もや》を剝《は》がされてあらわになった。その刹那《せつな》のショックはすぐさま一種のエネルギーへと化し、虹智は頷きで店長の言葉に答えた後、すかさずテーブルについた手を上げ、自分でも驚くような素早さで片付けをこなした。

「お疲れ様」

私服のジーパンに着替え、店の門を出ていくなり、背後から店長の声が耳に飛び込んできた。店長のいつになく余韻に富んだチェロのような声が、虹智の耳元でこだまとなって響き続けた。帰路に踏み出した虹智の足取りはいつもより軽快だった。

言語紛争論

大学に入ってから初めての期末試験を来週に控え、虹智は焦《あせ》り始めた。いつものように大学の図書館で勉強しようとするが、柳が必ずついてくるので、仕方なく家に早めに帰ることにした。派遣社員として働いていた思智は、一ヶ月間の派遣期間が終わり、今は家にいて次の仕事を待っている。

正樹義兄《にい》さんとの関係は依然として改善された様子はなく、思智はもとを幼稚園に送った後、テレビの前にべったりと貼《は》りつき、韓流ドラマを見ている。

「どこが面白いの？」

「ん」

「韓劇のどこが面白いの？」

「男が格好いいのよ」

「お義兄さんだって格好いいじゃん」

「正樹さんはね、日本人ですから、何よりも仕事が第一なんだ」

「じゃ、韓国人の男は？」

「男らしいのよ。好きになったらとことん好きになるし、好きな人ならどこまでもしっかりと守ってくれるの。あんたも将来韓国人と結婚したほうがいいよ」

「韓国人と？　何でよ、私は日本人がいいの」

「あんたは恋愛したことがないから、わからないだろうけど、自分より仕事のほうが大事だと思ってる人と一緒に暮らすのも辛《つら》いものよ」

「じゃ、姉ちゃんは今辛いの？」

「姉ちゃん？　姉ちゃんは何の関係もないけど。今言ったのは一般論なの」

思智は視線をテレビの画面に戻し、首に長いマフラーを巻いたヨン様の顔を眺めた。

虹智は、上島さんも姉の思智と同じようなことを言っていたのを思い出した。恋愛経験があれば韓国人がいいと思うようになるのか。それなら上島さんが柳賢哲と付き合ったらいいのに。

ふとそう思いついた虹智は、最近柳賢哲が上島さんと一緒にいるところを二回ほど見掛けたのを思い出した。もしかしてあの二人は……。そんな一抹の疑いが腸《はらわた》に沿って上がり、胸の辺りで一気に膨らんだ。その次の瞬間、言葉で言い表せない孤独感に襲われた。

試験に焦る虹智の気持ちと関係なく、なごん庵はあいかわらず琴の清冽《せいれつ》な音色が流れ、世俗の臭さを微塵《みじん》も感じさせない優雅な空気で満ちている。

「すき焼きの梅、あとナマ三つ」

鈴木さんは珍しく一人ではなく、汗漬けしたようなTシャツとジーパン姿の男を二人連れてきた。

「ココちゃん、手伝ってくれる？」

「はい、代わります」

「いや、鈴木さんのところをやってくれる？」

「え？」

虹智は戸惑ってしまった。キョウコさんはちょうど二組の客に仕えているから、そのうちの一組の担当を代わってあげようとしたのだった。

「お願いね」

そう言い捨て、キョウコさんは大きなお盆を持って小走りで二階へと向かった。

「二階の客は金持ちの独身だって。キョウコさんは狙《ねら》ってるのよ」

通りかかった仲居さんは何気なく虹智の耳元に囁《ささや》いた。

「今日はよく働いたね。思いきり汗を流した後のすき焼きってうまいぞ」

鈴木さんは顔中の筋肉を大げさに動かし、おいしそうに口の中の牛肉を嚙《か》み砕きながら言った。

「本当にうまい。すき焼きってどれくらいぶりなんだろう」

「しかも真夏に喰うんだから、こんなに汗を掻《か》いちゃってよ」

「それが気持ちいいんだろうに。今晩帰ったらぐっすり眠れるぞ」

鍋《なべ》の蒸気に包まれ、三人は汗を拭《ぬぐ》いながら、鼻水もかみながら、すき焼きの肉と肉汁、溶き卵汁、涎《よだれ》も一緒に堪能《たんのう》した。

なごん庵では、仲居さんを気にせず、上品に気取ることもなく食べっぷりのいいこのような客は滅多に見ることができない。意外と可愛《かわい》い人たちなのだな、と虹智の菜箸《さいばし》を握る手に力が入った。

一週間の試験期間をなんとかして乗り越え、夏休みももう目と鼻の先まで迫ってきている。正樹義兄さんも家で夕食をとる日が増え、時たま休める日曜日もあったりして、思智の顔に穏やかな笑みが戻り、食事を作るときも台所での尖《とが》った金属の騒音が立たなくなった。どうも思智と食器とのコミュニケーションが上手《うま》くいっているようだと虹智は思った。

「夏はやはり冷しゃぶだ」

夏に入ってから、なごん庵の客たちの合言葉じゃないかと思わせるほど、みんなが注文する際に必ず言う言葉である。虹智は姉一家に和やかな雰囲気が再び戻ったことを喜び、そのお祝いにと、給料日の三日後の日曜日に休みをもらい、正樹義兄さんのいる食卓で冷しゃぶを振る舞おうと考えた。

「柳さん、またお肉を買いたいから、一緒に行きますか？」

金曜日最後の試験が終わり、駅での別れ際《ぎわ》に虹智は柳に頼んだ。

「良いですよ。俺この前ちれて行きましたの安いところでしょう？」

柳は肉厚の頬に得意げな笑みを積み上げた。

「そうです」

「シキヤキ？」

「いいえ、冷しゃぶですよ」

「しゃぶしゃぶ」

「いや冷たいしゃぶしゃぶですよ」

「冷たいしゃぶしゃぶ？　まあしゃぶしゃぶも、シキヤキも、焼肉一番美味《おい》しいよ」

「冷しゃぶも美味しいです」

「焼肉美味しいですよ。来週一緒に行こうよ」

「来週？」

「俺来週の水曜日ソウルに帰るから、月曜日焼肉をたべましょうよ。ゴチショウするから」

「来週の月曜日？」

虹智は難色を示した。

「月曜日はアルバイトないし、試験もないし。いいじゃないか」

「アルバイトがないから、遅くなるは、お姉さんは怒ります」

「大丈夫よ。お姉さん学校掃除しましたも道を掃除しましたも、いろいろ嘘《うそ》ありますよ」

切実な柳の表情を見て、虹智は噴き出してしまった。

日曜日、正樹義兄さんはももこをつれて遊びに出かけた。買出しから帰ってきた虹智を、姉はやはり韓流ドラマを見ながら待っていた。

「またこんな高い肉？　虹智の気持ちはありがたいけど、何もこんな高級肉を買わなくても」

「ほんのたまにですから。それに牛肉を冷たくして食べるんだから、良い肉じゃないとだめだって」

虹智は冷えた麦茶を一気に飲み干し、満足げに笑った。

「最近何か姉ちゃんに相談するようなことはないの？」

思智は袋から肉を出しながら何気なく訊《き》いた。笑みは虹智の顔からすっと退《ひ》いてしまった。

「近頃の虹智は何をしても上の空で、ひまを見て一度話そうと思ってたけど、あいにく試験期間中だったし」

正樹義兄さんのことを悩まなくなった姉は、神経を自分に向けてきたのか。ふと気づいた虹智の頭に、店長ののっぺりした白い顔と柳賢哲の起伏の激しい顔が交互に浮かんできた。

「別に、何も」

虹智は顔を下に向けて、小声で呟《つぶや》いた。

「本当ならこんな話はしたくないと思っていたけど。でも、いずれわかることだと思うからさ」

虹智は霞《かすみ》がかかった気持ちを、頬に手をついて支え、茫然《ぼうぜん》と思智を眺めた。

「実は私と虹智とはお父さんが違うの。今のお父さんは虹智の本当のお父さんだけど、私にとってはまま父なの」

青天の霹靂《へきれき》だった。虹智はポカンと口を開け、戸惑いを隠せない。

「そう。お母さんは再婚なの。二十一歳、今のあなたと同じ歳《とし》で私の父と三年も付き合って結婚して、翌年に私が生まれたの。でも、お母さんが私を妊娠して半年が経《た》った頃から、お父さんの様子がおかしくなって、私が生まれて間もなく女が出来たから離婚したいと言い出したの」

「そんな、かわいそうじゃないの？」

「お母さんはもちろん離婚しないと意地を張っていたけど、今度はお父さんが暴力をふるいはじめて、そんな生活が私が三歳になるまで続いていたの」

「姉ちゃんは覚えてるの？」

「私は覚えていないけど。でも離婚してから私が十二歳まで約十年間、お母さんは仕事しながら私を育てていたからね、その頃がどんなに大変だったのかは、しっかり覚えてるよ。お母さん、自殺しようと思ったこともあったんだって」

「そう。それでいつ頃私のお父さんと結婚したの？」

「私が十二歳でお母さんは三十四歳の時よ。すっかり男性不信になっていたお母さんはもう子どもを生まないって約束で今のお父さんと結婚したの」

「なのに何で私が生まれたの？」

虹智は目を細めて不思議そうに思智を見つめた。

思智はそんな虹智を見て、声が急に明るくなった。

「あなたが可愛いからよ」

「生まれていなかったのに、どうして可愛いってわかったの」

思智の答えに納得が行かず、虹智は口を尖らして聞き返した。

「だって、お父さんって凄《すご》くいい人だったもん。二年間一緒に暮らして、お父さんの人柄がわかったお母さんは、お父さんの子を生みたいと自ら約束を破って、そしてあなたが生まれたのよ」

「はぁ、そうなんだ。お父さんの人柄に感化されたのか」

期待していた劇的な展開がなかったことに虹智は少しがっかりもした。無口で、子どもいつもニコニコして母に言われたことを黙ってやる父の顔と、しっかり者で、子どもたちに厳しく、食事の時は、必ず父に先に食べさせる母。ずっとしきたりの多い家だと思っていたが、子連れでの再婚だったとは、考えもしなかった。

「虹智を妊娠したとき、お母さんはもう三十七歳になっていたのよ。ようするに高齢出産な訳だから、不安で不安で、遺書のつもりで私に手紙を書いたと後になって聞かされたの。だからあなたのことはそれだけ大事なのよ。わかる?」

思智は手の甲で目を数回擦《こす》ってから、赤い目をして、和らげた視線を虹智の顔に据えた。

「はい、わかりました。だからこれから、私のことをもっと縛り付けるつもりでしょ?」

これまで母親が自分の交友関係に厳しかったのは、男に対するトラウマのせいなのだとわかって、虹智はなんだか虚《むな》しくなった。

「虹智、あんたはやっぱりわかってないね。お母さんからはあなたのことをちゃんと面倒みるように言い聞かされてたけど、でも最近正樹さんとのこともいろいろあって私の考えが変わったの。たとえばあなたに好きな人が出来たら、姉ちゃんはその人がいいかどうかって判断してあげる自信が今ないの。それに人はそれぞれ運命っていうものもあると思ってさ」

思智は言葉を止めた。顔にかかってない伸びやかな表情を浮かべて優しい目で虹智を見つめた。虹智は思智の視線と裏腹に迷路に迷い込んだような困惑の目で思智の言葉を待った。

「だってさ、虹智も二十一歳になって立派な大人なんだから、自分が好きなように友人を作ったり恋人を作ったりしてもいいと思う。本当に困ってわからなくなったら姉ちゃんに話してくれればいいの。姉ちゃんがあなたの力になれるかどうかは、その時にならないとわからないけど、でもきっと何とかなるよ」

思智は太い息を吐き、笑みを支える筋肉が大分楽そうに見えた。

「姉ちゃん」

どんな言葉で返したらいいのかわからず、虹智の感激を一杯に湛《たた》えた目は、思智の顔のまわりを眺め、泳いだ。

肉の下ごしらえが終わり、タレ作りを始めた。虹智はすっかり紫蘇《しそ》の香の虜《とりこ》になったにも拘《かか》わらず、どういう風に作るかは全く分かっていない。

思智は紫蘇の葉、酒、みりん、醬油《しょうゆ》などを料理台に並べ、袖《そで》を捲《まく》り上げ、てきぱきと準備を始めた。瓶や缶、皿、鍋。ガラスと鉄の塊は、思智の手によって、行儀よく使われていく。気に障《さわ》るような金属音はどこへ消えたのやら、聞こえてくるのは思智の明るい笑い混じりの話し声ばかりである。

久方ぶりの一家団欒《だんらん》である。正樹義兄さん、思智、ももこと四人で紫蘇の香が溢《あふ》れる食卓を囲んで虹智は嬉《うれ》しくて仕方ない。

「肉を多めに買ってきて良かった」

虹智は中国語で自分の先見の明を思智にひけらかした。

「今回限りだからね。これからあなたも自立しなきゃならないのだから、貯金しないと。来年からは大変よ、学費やら生活費やらって」

思智もまた中国語で母のようにとめどなく喋《しゃべ》り続けた。

「ママの言ってることはわからないよ、ねえ、ももちゃん」

正樹義兄さんは箸を止め、早口で話す思智をみて、肩をすぼめた。

「あ、ごめん」

思智はすまない表情で声のトーンを一オクターブも下げて謝った。

「今時の若者も礼儀知らずが多くてさ、面接に来る子は自己中ばかりで、参ってるよ」

正樹義兄さんの顔はみるみるうちに苦瓜《にがうり》のように顰《しか》められた。

虹智も思智につられて頭を下げ、大学で勉強した《言語紛争論》を思い出した。

ベルギーでは多言語のために紛争が度々起こるという歴史がある。

二年前虹智がこの家に来て、日本語しか話さなかった家族に中国語を持ち込み、姉の思智の奥底に静かに沈澱《ちんでん》していた中国的な部分を目覚めさせたから、思智と正樹義兄さんとの交流が淀《よど》んでしまったんじゃないのか。さらにその連鎖で思智は台所の食器との交流も上手くいかなくなり、大きくぶつかりあった末、音が次第に尖って人の耳に刺さるようになったのだろう。

虹智の背筋に寒気が走った。遠いベルギーの言語紛争がいつかこの家に飛び火するんじゃないかと危惧《きぐ》し始めた。虹智は思わず立ち上がり、「すみません。これから全部日本語で話します」と唐突に大声を出した。

焼肉

月曜日の夕方、韓国に帰るクラスメートの送別会と称して出かけた虹智は、新大久保駅で柳賢哲と合流した。店は駅から徒歩三、四分、大通りから一本横町に入ったところにあった。店の前に無造作に数台の自転車が置かれ、うちの一台の荷台に腰をかけ、煙草《たばこ》を吹かしている若者が柳に手を振った。

「アンニョン」

「アンニョン」

「コウチさん◎★▽※」

柳は虹智の腕を摑《つか》み、若者が吐いた煙草の煙の中に引っ張り込み韓国語で紹介した。若者は煙を吹っかけて右目だけを細め、虹智の顔を憚《はばか》る様子もなく眺めまわした。

「♯▲▽&✱★……」

柳は得意げな笑みで何か呟《つぶや》いた。

「♂±▼◎☆§✱」

若者もニヤッと笑って自転車から降り、残り短い煙草を地面に捨て、右手を往復二回腰低くに巻いた黒いエプロンに擦《こす》った。彼の捨てた煙草はちょうど柳の足元に落ち、柳は足を上げ力強く踏み付けて、近くの側溝の網に靴のつま先で転がして入れた。

まさか、この日本の一角で韓国語の世界に迷い込むとは。韓国語がわからない虹智は若者の意味あり気な視線にいささか不快感を覚えた。

時間が早すぎたのか、それとも焼肉店も夏はオフシーズンなのか、店の中にはまだお客さんが入っていない。柳は店の一番奥の席に虹智を座らせ、厨房《ちゅうぼう》に入ったかと思いきや、またすぐにまっ赤な炭をのせた炉を抱えてこっちに舞い戻ってきた。

注文も何も全《すべ》て韓国語で、客がいないのを良いことに、店の奥隅にいる柳は厨房にいる若者と大声で交信する。うかない気分の虹智は両手で頬杖《ほおづえ》をついて炭火に見入った。

炉の真ん中の炭に満遍なく馴染《なじ》んだ火は、傍に横たわった、黒い芯《しん》が残る炭に燃え移ろうとしている。気体となって上がった熱が、頭上の暖色系の照明に反射され青く躍り、ラッパ状に辺りを染めていく。熱が頬から目へと昇り、額に滲《にじ》み出た汗と呼応した。柳たちの韓国語会話がとろりとシチューのように聞こえ、虹智は自身も溶けてしまったかのような気がした。

ちょうど心地よくなっていたのに、無情にも情熱の炭の上に一枚の網がかけられてしまった。顔を上げて見れば、厨房にいた若者は、いつの間にか左腕に重ねた三枚の皿をテーブルに下ろしている。

若者は虹智の視線を感じたのか、顎《あご》の下の細い頸《くび》から突っ張った喉仏《のどぼとけ》を激しく動かした。それと同時に震えた左腕から右手が素早く最後の皿を下ろした。右手の骨に沿った青筋が目に飛び込んで、虹智は我にかえった。

「上カルビ、上は高級という意味だよ」

柳は鉄製の菜箸《さいばし》で皿から肉を取り、網に広げた。長くジーという響きと共に一筋の煙が真《ま》っ直《す》ぐに天井へ昇っていった。香ばしい大蒜《にんにく》の香に誇張された牛肉の旨《うま》みが虹智の鼻に迫った。虹智は氷水を一口飲み、箸を取り出し、肉に突っ込んだ。

「美味《おい》しいでしょう?」

柳賢哲の肉厚の頬にほこらしさが浮かんだ。

「美味しいですね」

虹智は柳賢哲の頬を一瞥《いちべつ》しただけで、その得意げな表情に応《こた》えようともせず、あくまでもクールに答えた。

「肉、キムチで巻く巻くこれ美味しい」

柳はお手本のつもりで焼きあがった肉をキムチで巻き、口に入れた。

虹智は肉が柳の口の中へと消えるのを見届け、キムチだけ食べた。

「辛い！」

虹智は予期せぬ辛さを癒《いや》すべくまた氷水を飲んだ。

「コウチさん、かわいいですね」

柳は両肘《りょうひじ》をテーブルに突いて箸を持ったまま、虹智の顔に目を凝らしている。

柳に見つめられ、顔が炭火にあてられるよりも火照《ほて》り出した虹智は、柳の視線から逃れようと目を泳がせ、思いも乱れてしまった。

「コウチさん、好きだよ。俺の彼女でいいでしょう？」

柳の視線は執拗《しつよう》に虹智の目を追い回す。

とうとう虹智は肉を食べるのをやめ、箸をテーブルに放って、両手で頭を抱えた。

「コウチさんのチョゴリを買いますから。日本に帰ります後、ディズニーランドに行きましょうね」

青い煙に巻かれた柳賢哲の凹凸のある顔から、汗とも脂《あぶら》とも言い難い男の焦《あせ》りのようなものが漂い出し、目から放たれた執着の光と相まって、虹智に何か強い思いを訴えている。すき焼きの湯気に見え隠れする店長の顔になかったその何かは、虹智にはキムチの辛さのように感じられた。

焼肉屋を出て、虹智を駅まで送った柳賢哲の両手は虹智の腕を摑んで、名残惜しい視線でまた虹智を見つめている。

「御馳走様《ごちそうさま》でした」

虹智は、柳賢哲の手から腕を引き抜こうともがいたが、柳賢哲の手がますます強い力で摑んだ。

「韓国に帰りますから、さびしいですね」

「注意してくださいね」

「チョゴリを着てディズニーランドでデートしますね」

虹智は承知も断りもせず顔を下に向けた。

「韓国から電話するから、何時がいいですか？」

「アルバイトが終わってから、夜の十一時とか」

柳賢哲はやっと虹智の腕を摑む手を放した。虹智は半ば麻痺《まひ》した腕を少し振り、スッと改札に入っていった。階段を登り切り、もう一度振り返ると柳賢哲は依然として改札の前に立ち、笑みが満ちた起伏の激しい顔で懸命に手を振っている。

虹智もつい反応して笑みを見せ、手を振り返した。柳の顔が遠ざかる瞬間、少しぼやけて、のっぺりしたように見えた。

自棄酒《やけざけ》

柳は韓国に帰った。焼肉屋での熱烈な告白を、何とか曖昧《あいまい》な態度で凌《しの》ぐことができた。それ以来、ぽっかりと脳裏に空いた隙間《すきま》にリングを作り上げ、焼肉の青い煙に包まれた柳の凹凸顔と、すき焼きの湯気で謎《なぞ》めいた店長ののっぺりとした弥生人《やよいじん》の顔とを戦わせている。

何度試合を繰り返させても、いつも真《ま》っ直《す》ぐな視線で攻めてくる柳賢哲は、クールな目からソフトで曖昧な視線を放つ店長に負けてしまう。

何故《なぜ》なのだろう。虹智は二人の顔を思い浮かべながら思いをめぐらすのだが、考えに耽《ふけ》れば耽るほどわからなくなる。霜降りの牛肉をすき焼き鍋《なべ》に入れ、肉の赤白模様が次第に褐色になり、滲《にじ》み出た血の僅《わず》かな赤をすかさず捕らえて、客の小皿の生卵に運ぶ。

かつて念入りにやっていたことが、今は心ここにあらずでも機械的にこなせるようになった。こっそりと聞いていた客の会話も、脳裏の二人の男の戦いのせいで耳に入ってこなくなった。

ヒジリちゃんはまた見知らぬ男を連れてきた。気温が上昇する一方の蒸し暑い夏の日、常連客の多くは牛鍋を避け、近くの寿司《すし》屋に逃げるのだが、ヒジリちゃんだけは以前に増して足繁《あししげ》くなごん庵に通うようになった。

前回も、前々回も、前々々回も、中年も終盤に差し掛かったオジサンとの連れで来ていた。不揃《ふぞろ》いのおじさんたちを一様に「社長」と呼ぶヒジリちゃんは、社長たちに目もくれずに、席につくなり「響のオンザロック」と注文し、もたもたしてお品書きを捲《めく》るオジサンをよそに、体を椅子《いす》に沈めて自分の世界に耽っていく。

社長さんばかりの友人を持つヒジリちゃんは一体何者なのか、虹智は同僚のキョウコさんたちから度々探ったりした。

「ヒジリちゃんは今日も違う社長さんと一緒に」

「水商売だからさ、いろんな社長がいるのよ」

やはり水商売なのか。虹智は言葉を暫《しばら》く吟味して、水道局の社長ばかりということは、ヒジリちゃん自身も水道局の職員なのかもしれない、そういう考えに辿《たど》りつくと、ようやく納得した。今日のオジサンも水道局の社長なのか。

「響のオンザロック」

ヒジリちゃんはいつものように声を虹智にぶつけ、また体を椅子に沈めた。虚《うつ》ろな視線はお品書きを捲りながら、「日本酒もいいけど、焼酎《しょうちゅう》もいいけど、ワインなんかもいいな」と呟《つぶや》く垂れ目のオジサンの頭上を通り越して、後ろの壁に掲げている日本美人画に向けられた。

「やっぱり生ビール頂戴《ちょうだい》」

オジサンはようやく悩ましいお品書きに埋まっていた頭を上げ、垂れ目のまま虹智に言った。

「はい、わかりました」

虹智は軽く頷《うなず》き、身をひるがえした。

前回ヒジリちゃんはオンザロックを飲んで酔っ払い、大変なことになったというのに。虹智は酔っ払って泣きじゃくるヒジリちゃんを思い出し、オンザロックの注文に戸惑った。

「響のオンザロックでしょ？」

後ろから小走りで追い越したヨリコさんは、振り返って、にっこりと虹智に尋ねた。

虹智は機械的に頷いた。

「作ってあげるから、待ってて」

ヨリコさんはそう言いながら厨房《ちゅうぼう》に消えた。

「後、生ビール一つです」

虹智の慌《あわ》てた声がヨリコさんの姿を追いかけた。

「カーンパーイ」

垂れ目のオジサンは生ビールの大ジョッキを持ち上げ、テーブルの向こうのヒジリちゃんに腕いっぱいに伸ばした。

ヒジリちゃんは体を椅子に沈めたまま、響のオンザロックの丸いグラスを少しだけ持ち上げ、情熱的なオジサンに無表情で応《こた》えた。

「はあ、夏はやっぱり生だよな」

オジサンは挫《くじ》けず喉《のど》を鳴らして、ジョッキの中の黄色い液体を三分の一流し込んだ。

ヒジリちゃんが手の平に載せた丸いグラスを廻すと、黄金色の液体は個室の暗いライトに照らされ、深みのある円熟の輝きが湧《わ》き出し、ヒジリちゃんの手の動きに沿って、グラスに負けない大きさの丸い氷が氷山の如《ごと》く浮き沈みする。

ヒジリちゃんは鼻をグラスの縁に近付け、軽く嗅《か》ぐ真似《まね》をした。氷から上がった涼気と黄金色の液体が醸《かも》し出す馥郁《ふくいく》たる香りが、虹智の想像を襲い、酔いそうになり、目がぐらついた。訳もなくヒジリちゃんが飲むのが恐くなった。

グラスは次第にヒジリちゃんの鼻から遠のき、淡いピンク色の唇に近付いた。飲んだら酔ってしまうよ！　虹智は喉に日本語の発音が爆竹のように連爆するのを感じた。

「響のオンザロックね。うまいだろうな」

垂れ目のオジサンは虹智以上にヒジリちゃんの唇に近づくグラスに見入っている。

グラスの縁がとうとう唇に触れた。その途端、ヒジリちゃんの肘《ひじ》は急に持ち上がり、頭も大きく後ろに傾いた。

「はあ、飲み方が贅沢《ぜいたく》すぎだよ。響っていうのは、もっとゆっくりと味わいながら飲まないと。ちょっと俺にも味見させてよ」

オジサンの腕は乾杯の時よりさらに伸び、ヒジリちゃんの手からグラスを取ろうとした。

「社長も同じもの」

ヒジリちゃんは、手に持ったグラスをオジサンの手から遠ざけ、体を虹智のいる方向に捻《ひね》って言った。

「はい」

鍋をセットしている虹智は手を止め、立ち去ろうとした。

「ああ、姉ちゃん、いらないいらない。生ビールはまだあるから、俺ウィスキーは苦手なんだ」

オジサンは手を宙で回転させ、虹智を呼び止めた。

ヒジリちゃんの顔に薄っすらとした笑いが浮び、長々と息をつき、両手で丸いグラスを抱え、また椅子にぐったりと沈んだ。

その笑いはほんの一分間も続かず、顔から血色と一緒に消え、真っ白くなった。ゆったりとデザインされたバター色のワンピースはまるで気が抜けた風船のように、細い体にベッタリ吸いつき、さながら祭りの後に潰《つぶ》された紙提灯《かみちょうちん》のようである。

虹智は出来上がった肉をヒジリちゃんとオジサンの小皿に平等に振り分けた。オジサンは垂れ目からヒジリちゃんの機嫌を窺《うかが》いながら、肉を次々と口に突っ込んだ。口の端で溶き卵の黄色い汁が褐色の肉汁と混じって這《は》いまわる。

ヒジリちゃんは、肉を一口だけ食べ、その後丸いグラスの縁に口をつけ、正面の壁の日本美人画のようにじっとしたままである。小皿に見る見る肉の小山が出来ていった。

「食欲なさそうだね、具合でも悪いの？」

オジサンはやや心配そうな口調で聞いた。

ヒジリちゃんからは返答が無かった。

「肉が苦手か？　なら何もここに来ることはなかったのに。美味《おい》しいすき焼き屋っていうから、来てみたらえらく高いじゃんか。もったいないね、食べちゃうぞぉ」

オジサンはぶつぶついいながら、今度は伸ばした箸《はし》でヒジリちゃんの小皿から肉を摑《つか》み、口に入れ、垂れ目の下の頰に満足げな笑みが浮んだ。

「うめぇっ」

生ビールを一気に飲み干し、オジサンは、機嫌よく虹智の顔を眺めた。

「姉ちゃん、俺にお茶を頂戴」

「ハイ」

虹智は火を弱めに調節し鍋に水を加え、個室から出た。廊下に漂う冷しゃぶタレの紫蘇《しそ》の香が、個室内の重たい空気に圧《お》しつぶされた虹智を救った。

「ココちゃん」

背後から店長の声が聞こえ、虹智は立ち止まった。

「お盆休みには何か予定はあるの？」

入り口にいた店長は早足で虹智に近付き、小声で訊《き》いた。

「ありません」

虹智は心拍が早まったのを感じた。

「ディズニーランドに遊びに連れてってあげるよ」

「はい」

激しい心拍と同時に、虹智の顔は強張《こわば》った。

「じゃ時間と場所は後で紙に書いて渡すからね」

店長はあっさりした顔で、入り口に戻った。

虹智は止まったまま、脳裏に記録した店長の声を再生し、意味を確認した。お盆休みにディズニーランド。店長と二人きりで行くのだ。虹智は小走りでトイレに向かった。トイレの鏡に映る赤らんだ顔を凝視しながら、訳もなく両手で胸を摩《さす》った。

再び個室に戻った時、オジサンはもうヒジリちゃんの小皿にあった肉の小山を平らげ、楊枝《ようじ》で歯の隙間を拼《せせ》っているところだった。

「遅いね」

「すみません」

虹智は頭を下げ、お茶をオジサンの前に差し出した。

酒がまわったせいなのか、ヒジリちゃんの顔が真っ青になり、頭を椅子の後ろの壁に寄りかからせて、舌足らずに何か囁《ささや》いている。グラスに目を遣《や》れば、色のない氷の溶けた水が底を薄く埋めている。

「似てるね」

オジサンは、垂れ目を吊《つ》り上げながら、口から出した楊枝で虹智を指した後、また酔っ払いのヒジリちゃんを指した。

「ええ？」

虹智は嬉《うれ》しくもなく嫌でもなくただただ驚いて、散らかったテーブルの片付けに取り掛かった。

「姉ちゃん、お勘定ね」

オジサンは嬉しそうに視線を虹智にちらつかせながら、楊枝を小皿に放った。

「ハイ、しかしヒジリちゃんは？」

「連れて行くから心配せんでよろしい」

オジサンはニヤニヤして言った。

勘定が済んだ後、オジサンは店長と一緒にうわ言を呟くヒジリちゃんをタクシーに押し込んだ。酔っ払いのヒジリちゃんとオジサンを乗せたタクシーが、尻《しり》から灰色の排気ガスを吐きながら走り去った。店長とヨリコさんは、タクシーの排気ガスが消えるまでお辞儀し続けた。

メモ

お盆休みまで一週間、ディズニーランドへ行く時に待ち合わせする場所と時間を未《いま》だに知らされていない。虹智は不安を覚えた。店長にデートのことを告げられて以来、頭の中で繰り広げられた店長と柳賢哲との戦いは跡形もなく消え、柳賢哲がつい最近まで傍にいた人間の名だとは思えないほどだった。

その精神的な疲労もあって、昨夜は珍しくいつもより一時間も早く寝たのだが、夢でちょうど店長の涼しげな顔が見えそうな時に、枕《まくら》の下に置いた携帯が鳴りだした。

「コウチさん」

寝ぼけて電話に出るなり、耳に柳の能天気な声が響いた。

「何ですか？」

「寝ましたの？　コウチさんのサイズを知りたいから」

「なんのサイズ？」

「体、体の大きさですよ」

「四十三キロですが」

「そう違います、洋服の大きさですよ」

「三尺かな？」

「L、M、Sとかの大きさですよ」

「LLでいいですよ。今寝ますから」

柳との噛《か》み合わないやり取りで、すっかり目が醒《さ》めてしまい、寝返りを打っても打っても、眠れなくなってしまった。

虹智は店のトイレに籠《こも》ることが多くなった。下痢をしているわけではなく、ただただ鏡に映った自分の顔に好奇心を抱き、詳しく知りたくなった。とりわけヒジリちゃんに似ているとオジサンに言われたのがどの部分なのか、気になって仕様がない。

切れ長の目、ヒジリちゃんの方はもうちょっとパッチリとしていたかもしれない。

先っぽがまん丸の鼻、ヒジリちゃんはきりっと鼻筋が高かったなあ。厚みのある唇、ヒジリちゃんはやや薄く、色も淡かった。

鏡に少しでも近付こうとして虹智は頸《くび》を長く伸ばす。ふと纏《すと》めた髪が頸に触れ、くすぐったく感じた。虹智は手を上げ、うなじを軽く掻《か》いた。鏡を一瞥《いちべつ》すると、白い卵のような肌に赤い爪《つめ》あとがくっきりと見え、着物の襟《えり》が優美な弧を描き囲んだうなじは、何ともいえず美しく見えた。

うなじだ、きっとうなじはヒジリちゃんに似ている。かつて浴衣《ゆかた》を着て横山さんと一緒になごん庵に現れたときのヒジリちゃんのうなじにそっくりじゃないか。虹智はうなずいた。

藪中《やぶなか》さんは何故《なぜ》か一人でやってきた。いつもの和服姿だが、足元が何となくふらついている。

「いらっしゃいませ」

店長の含みのある歓迎の声に反応もせず、ヨリコさんたちに支えられいつもの二階の和室に通されていった。藪中さんの通った廊下にきつい酒の臭《にお》いが残された。

「焼酎《しょうちゅう》、後は何かさっぱりしたもの」

その注文に虹智は応《こた》えられなかった。さっぱりしたものが虹智自身にもわからなかったのだ。

「冷しゃぶ？　冷しゃぶでも何でもいいよ。とにかく焼酎を先に持ってきてちょうだい」

「かなり飲んでるわね。ココちゃんは部屋に居てあげて」

藪中さんの様子を心配したヨリコさんは、虹智に言い聞かせた。

虹智が焼酎とつまみをお盆に載せ、部屋に運んだ時にはもう、藪中さんは頭をテーブルに伏せて眠ったようだった。

「すみません。お酒、来ました」

虹智はお盆を畳に置き、グラスと皿を丁寧に藪中さんの頭から遠い安全な場所に並べた。

「酒が来たのか？」

おもむろに起きた藪中さんは、充血した目で虹智の顔を見た。

「ハイ、どうぞ」

虹智は酒の入ったグラスを藪中さんの近くに置きなおした。

「何子だっけ？　あまり見ない顔だな」

「ココちゃんと言います。奥さんは？」

「ココちゃんか？　私の奥さんは知ってるの？」

「ハイ、いつも奥さんも来ますから」

「奥さんね、病院だよ。呆《ぼ》けちゃってさ」

酒を一口啜《すす》った藪中さんの真っ赤な目が潤《うる》んだ。虹智は慌《あわ》てて視線を逸《そ》らした。いつもは穏やかな老紳士の表情が今日は哀れに感じられた。

「あんたは日本人か？」

「私は中国人です」

「ああ、中国人なのか？　日本にいて大変でしょ？」

「ハイ、そうです」

「旦那《だんな》はいるの？」

「旦那さんはいません。結婚していません」

「一人で寂しくないかい？　まあ結婚してたってさみしくないとも限らないよな」

虹智は深い同情を顔に出し、藪中さんの言葉に頷《うなず》いた。

「私は妻と結婚して、四十年にもなるけど、昼間は仕事で、夜は付き合いで飲む。定年になるまで妻と同じ屋根の下で暮らしていても顔をあまり合わせなかった」

「忙しいですね」

虹智は小声で相槌《あいづち》を打った。

「忙しかったかな。わからんけど。話がわかるうちには話さなかったし、話がわからなくなってからはどんなに一生懸命話しかけても、わかってくれないんだ。今は私が誰だかさえもわからないんだから。寂しいもんだ」

藪中さんは赤い目をつらそうに瞑《つぶ》り、またグラスを傾けた。

虹智も視線を畳に据え、藪中夫人の目の窪《くぼ》んだ顔を思い浮かべた。

「昼も夜も頑張って、十人くらいの小さな会社を七百人も社員のいるような企業に成長させてさ。結局何だったのかね。子どもも居ないし、妻は私が誰かもわからなくなってさ」

藪中さんは飲んで、伏せて寝る。夢うつつの中でまたわめいて起き、酒を啜る。冷しゃぶが運ばれても、一口も食べず、ただただ飲んで伏せるを繰り返し、とうとう畳に寝転がるようになった。

閉店時間になり、店長とヨリコさんと二人掛かりで、酒に酔って寝ぼけたままの藪中さんをタクシーに乗せた。狭い廊下を、両脇《りょうわき》を支えられ、足を引き摺《ず》られた藪中さんの後ろ姿には孤独感が漂い、あたりの空気も悲しい色に染まった。


お盆休みの前日、虹智はいつものように早めになごん庵に出勤した。ちょうど店長はヨリコさんと一緒に店の掃除をしているところである。

「ココちゃん、おはよう」

個室の扉からヨリコさんのにっこりとした顔が覗《のぞ》いた。

「おはようございます」

虹智もにっこりと返した。

入り口を掃除している店長は意味ありげな笑みを浮かべ、ヨリコさんの顔が個室に引っ込んだ隙《すき》を見て、虹智にウインクを送った。

その熱いウインクは、虹智の額に爆発するほどの威力でぶつかった。たちまち虹智の目の前に火花が舞い上がり、店長ののっぺりした顔も立体になって無限大に膨らんだ。虹智は縺《もつ》れ足で更衣室に駆け込んだ。

虹智が着物の姿になって再び出てきた時は、ヨリコさんはもう厨房《ちゅうぼう》に入り、店長はハタキを手に入り口の木目の埃《ほこり》を払っている。

「ココちゃん」

虹智に気づき、店長は低めの声で呼びとめ、来なさいという手まねきをした。

虹智は両手を着物の帯に添え、背骨まで響く胸の動悸《どうき》を押さえながら、音の立たない小走りで店長の方に向かった。頸筋に走る汗を幽《かす》かな涼しい空気が冷やした。

「明日待ち合わせの時間と場所が書いてある。待ってるからね」

店長は虹智が傍に寄った瞬間、素早く虹智の手を取り、小さく畳んだ紙を押し込んだ。酷《ひど》い眩暈《めまい》の中、虹智はしきりに頷き続けた。

「さ、ヨリコさんを手伝って」

店長は紙を渡した後、すかさず雑巾《ぞうきん》を持たせ、両手で虹智の肩を持って、強い力で回転させた。

廻されたショックで眩暈が少し醒めた虹智の目は、廊下に突っ立って怪訝《けげん》そうにこっちを見ているヨリコさんの目とぱったり遭ってしまった。その途端ヨリコさんの驚いた表情が満面の笑みと化した。

ヨリコさんの笑みに応える余裕もなく、まるで日射病にでもかかったかのように、虹智は体中に高熱を抱え、逃げたい一心でトイレに駆け込んだ。鏡を見るのが恐ろしく、便器に座り、目を閉じ頬杖《ほおづえ》して、荒い息を静めるのに努めた。

今日のなごん庵は思いのほか忙しい。明日田舎に帰るから、家で出来るだけ食べ物の余りが出ないようにと計算した家族連れ客が殆《ほとん》どである。熱が収まった虹智は甘い笑みを噛みしめ、軽やかな足取りでせわしく廊下を走り回る。木の床はいつもより格別に滑らかに感じ、心地よかった。

「ココちゃんか、きれいになったね」

二階奥にある和室の襖《ふすま》を開くと男の声がした。声を辿《たど》っていくと、紺色のポロシャツというラフな格好の横山さんが座っている。

「ありがとうございます」

横山さんの傍にはインテリ風の五十歳代に見える品の良い女性、その向かいには赤ちゃんを抱いた若い女性とTシャツ姿の若い男性が座っている。

虹智は訝《いぶか》った表情を隠しつつ、お茶を出した。

「ココちゃんというの」

年配の女性は優しそうだった。

「ハイ」

「主人がいつもお世話になってます」

女性は頭を下げながら虹智にお礼を言った。

虹智はビックリした。まさか横山さんにお世話をするなんて、ただのアルバイトの分際で出来るわけもない。応えようもなく虹智は慌てて両手を畳につき、横山夫人の足も見えないくらいに頭を低く下げ、暫《しばら》く動けなかった。

「ココちゃんは中国人の学生さんで、ここでアルバイトをしてるんだ」

「えらいわね」

虹智は頭を上げ、恐る恐る「お飲み物は？」と小さい声で注文を促した。

「飲み物か？　えっと響のオンザロック、それとワインの★◇●@&▲。赤ちゃんがいるからノリコは飲めないよな、サトシ君はビールか？」

虹智は緊張しながら、お品書きの上を駆け巡る横山さんの指を視線で追った。

横山夫人もかつてのヒジリちゃんと同じ赤ワインを飲むのだ。お盆の上に並んだ響のオンザロックと赤ワインと生ビールを目にして、虹智はなんだか寂しくてたまらなかった。

「出産したばかりの娘さんが大阪から帰ってきたんだって。金持ちっていいな、孫がいる歳《とし》でも、若い子と遊んでいるんだからな」

「けど、横山さんってすごく若く見えるね、ずっと四十代かと思ってたけど、まさかお孫さんがいるなんてね」

「でもヒジリちゃんとはもう切れたんじゃない。だって、最近のヒジリちゃんはいつも違う男を連れてきてるし、この間だって、私に最近横山さんは来てるのって何気なく聞いてきたくらいだから」

「なんだか、ヒジリちゃんがかわいそうだね。あの様子を見てると本気で横山さんに惚《ほ》れてるんじゃない？」

「おミズなんだから、男に惚れちゃお終《しま》いよ」

客足が一段落したところで、仲居さんは厨房の横に集まってきてぺちゃくちゃとお喋《しゃべ》りした。物思いに耽《ふけ》っている虹智の耳にもついつい入ってくるオバサンたちの声とともに、ヒジリちゃんの霧に包まれた悲しそうな瞳《ひとみ》が、虹智の頭の中で次第に大きくなっていく。

閉店して、待ち遠しいお賄《まかな》いの時間になった。明日からお盆休みということもあって、店が大盤振る舞いした豚の冷しゃぶを前に、店長は瓶ビールを持ち、テーブルを廻って次々と仲居さんたちのグラスになみなみと注いだ。

「お疲れ様です。カンパーイ」

店長は席を立ってビールグラスを高く持ち上げ、視線をテーブル一周させて声を張り上げた。

「カンパイ」

仲居たちも顔を綻《ほころ》ばせ、声を揃《そろ》えた。

「店長は、お盆休みにどっか行くんですか？」

ヨリコさんはビールを一口啜って訊《き》いた。

「いや、どこも混んでいるからね、今年は家でゆっくりしようかなと思っているけどさ」

「そんな、奥様がかわいそうじゃないの。一週間も家にいたら、毎日三食を作らないといけないからね」

「そうか？　女ってみんな旦那のことが邪魔で仕様がないのか」

店長は苦笑いして、目玉を廻して、虹智の顔を一瞥《いちべつ》した。

店長に奥さんがいる!?　虹智は耳を疑った。

「美人の奥さんでさ、今妊娠してるんだってね」

ヨリコさんは顔を虹智に向け直して、微笑《ほほえ》んで言った。

体中の熱が一致団結してまた顔に上り始めた虹智は、手に握った飲めないはずのビールがなみなみと入っているグラスをいきなり傾けた。

「まあ、僕のことはいいとして、ヨリコさんは？」

店長は平然として顔色一つ変えず、話題を逸らした。

胃袋に入ったビールのアワが弾《はじ》けるように胃の粘膜に浸透して、全身に伝わるようだった。店長の顔もヨリコさんの顔も見るのが怖くて、虹智は下を向き冷しゃぶに没頭するしかなかった。

長い食事だった。豚の冷しゃぶの味はもちろんわからなかった。明日のディズニーランドのデートをどうすればいいのか考えることもできず、店長に訊くわけにも行かないまま、自分の服に着替えると、店を後にした。

「お疲れ様」

また店長の低い声とヨリコさんの高めの透き通った声とが重なって響いた。しかしいつもの心地良さは感じられず、背骨に沿って痛みを帯びた寂しさが這《は》い上った。


十二時東京駅の丸の内中央口。

店長から渡されたメモにはそう書いてあった。すぐに捨てようとしたが、見ないで捨てるには忍びなかった。電車の中でずっと手で握っていた皺々《しわしわ》の紙を伸ばし、恐る恐る一目見るなり、また慌てて握りしめた。

東京駅丸の内中央口。行動範囲はたいてい新宿渋谷に限られている虹智にとって極めて不案内なところである。強く握っている紙は湿っぽくなってきた。電車を降り、ごみ箱のないホームから急ぎ足で駆け下りて、トイレに入った。

鏡に映った顔は紅潮し、纏《まと》めた髪も緩んで解けそうだった。他に人がいないのを確かめ、虹智は握った紙を細かく千切り、ごみ箱に捨てて逃げるように立ち去った。どこかぽっかりと大きな穴でも空いたような空虚感が襲ってきた。

今まで体の中で勝手に盛り上がっていたものは何だったのだろうか。なごん庵にいて、店長の声を聞くたびに起きた鼓動、店長がお辞儀する姿を見るたびに顔から首にかけて火照《ほて》り出す感覚。あののっぺりとした顔と畏《かしこ》まった身のこなし、日本人の紳士だ、と夢中になっていたというのに。家に向かう足どりが次第に鈍くなった虹智の脳裏に、店長の顔がまた浮き上がった。

明日十二時東京駅。あの礼儀正しい店長が、下心があって自分をディズニーランドに誘ったとは、やはり考えすぎかもしれない。紳士の店長に失礼じゃないか。もしかして外国人である自分を日本一有名な遊園地に案内したいと思っただけなのかもしれない。せっかくの人の好意を誤解する自分の方がどうかしているのだ。

そもそも店長に片思いをしているのは自分で、店長が自分に好きだとか、付き合ってだとかは一度たりとも口にしたことはなかった。やはり自分は勝手に店長のことを好きになり、勝手に期待して盛り上がってしまい、今になってまた勝手に誤解しているのだ。

家に帰ると、思智は正樹義兄《にい》さんと一緒にテレビを見ている。

「虹智、正樹さんも明日から休みになるから、一日ゆっくり休んでから、明後日《あさって》どこか遊びに連れてってくれるんだって」

「どこですか？」

「未定だけど。行く？」

「ちょっと考えさせて。今日は疲れたから早く寝るね」

「はい、おやすみなさい」

思智のウキウキ声に、正樹義兄さんのくたびれた声も混ざった。姉はもう正樹義兄さんと仲直りしたようだ。ふと思智の蒸し上がったばかりの海老餃子《えびぎょうざ》のように赤く腫《は》れた目を思い出した。

虹智は早々とシャワーを済ませ、ベッドに入った。

丸の内中央口。東京駅まで、ここからどのくらいかかるのかな。虹智は携帯を取り出し、路線を調べ始めた。

コミュニケーションは全《すべ》ての始まりであり、また物事が上手《うま》く運ぶために最も重要な手段でもある。

コミュニケーション学の講義で、先生が開口一番に言った言葉だ。いずれにせよ、店長と話もせずに勝手に下心だと判断してはならない、店長に失礼なことだ。男女が一緒に出かけると恋人ないしは男女関係だと思うのは単純すぎるのだ。

柳賢哲とも恋人関係ではないにも拘《かか》わらず、学校に行けばいつも一緒にいるし、この前は二人だけで焼肉を食べにも行った。なぜ？　恋人でなく友達だからだ。明日、友人として店長と一緒にディズニーランドに行くのはごくごく普通のことなのだ。

東京駅まで乗り換えは一回／所要時間四十五分／電車賃は六百円。なんとか気持ちが落ち着いた虹智は、携帯を頭上の勉強机にある充電器にセットし、長い首を垂らした電気スタンドのスイッチを切り、目を閉じた。

日本に来る前からディズニーランドに行きたかった。その願望は幼いもこを抱える姉の事情と、アルバイトをしていなかった自分の経済的事情とがあいまって実現できなかった。店長に妻がいるというショッキングな事実を知ったとは言え、せっかく機会が巡ってきたのだから、素直に喜べばいい。あとは店長に会ってコミュニケーションすれば、彼の考え方もわかってくるのだ。ことの始まる前からくよくよするより、今は寝た方が得策だ。

そう自分に言い聞かせても、なかなか寝られず、ベッドの中で寝返りを打ち続けた。どれくらい経《た》っただろうか、頭上で突然携帯電話が躍り出した。赤い着信ランプは闇《やみ》の中懸命に点滅し何かをアピールしようとしている。

「コウチさん、明日から日本はホリデー、ホリデーだよ」

「ホリデーは何ですか？」

「休みの日ですよ」

「ん、休みの日ですよ」

「だから遅く寝ます、は良いよ」

「何ですか？」

「色、聞きたいですから。チョゴリの色」

「チョコ色ですよ」

「冗談要らない、まじめ良いよ。色は何ですか？」

「わかりませんよ」

「緑ありまし、黄色もありまし、青色もありまし、後はむらいろもありまし」

「むらいろは何ですか？」

「ピンク色ともっと黒い色」

「わかりませんよ」

「好きな色教えてくださいよ」

「むらいろ」

「じゃ明日、むらいろを買いますからね」

「はいはい」

「明日みしぇに行く後電話しますね」

「へぇ、明日は忙しい」

「やすみでしょう？　どこに行きますか？」

「ディズニーランド」

「ディズニーランド？　お姉さんと？　だめよ俺と一緒、待ってくださいよ。チョゴリを着てデート」

「そんな」

「絶対に待ってください、明日チョゴリを買います、すぐ日本に行きますから。ディズニーランドは絶対、待ってくださいよ」

柳の能天気な声はここに来て哀切に聞こえた。虹智の心の底でにわかに熱くなった一筋の波が打ち乱れた。

「絶対に絶対に俺、待ってくださいよ。チョゴリを買いましたあとすぐ日本に行きますから。待ってくださいよ」

柳のキムチの臭《にお》いがするような日本語が何度も何度も繰り返される中で、虹智は携帯電話を強く握り締めたままひたすら寝返りを打ち続けた。

解説

柴門ふみ

「すき・やき」を読めば、誰もが必ず、すき焼きを食べたくなるはずだ。

白い牛脂の塊を熱した鍋《なべ》に入れると、チッと音が立ち、小さくなるにつれ鍋も滑らかな艶《つや》を放つ。さらに葱《ねぎ》を入れる。部屋中は一気に暖まり、牛と葱の旨《うま》みが相まって漂い始めた。

この個所を読むだけで、私の鼻の奥には脂《あぶら》の香りが充満する。

楊逸は、なんと日本語が上手なのだろう。

彼女は1995年に、お茶の水女子大を卒業、とある。私は1979年に同じ大学を卒業している。私が在学中にも、アジアからの留学生が何名か居た。留学生たちは、日本人学生よりはるかに優秀だったのを覚えている。

ボンクラで怠け者の学生だった私は、背筋をピッと伸ばし、利発そうな瞳《ひとみ》をキラキラさせていた留学生たちがまぶしかった。十六年の時間差があるものの、彼女たちと楊逸さんの姿が、私には重なるのだ。

「すき・やき」の主人公虹智《こうち》が女子大生なので、なおさらオーバーラップするのかもしれない。

勉強が苦手の虹智より、しっかり者の姉思智《しち》の方が、楊逸さん自身は近いのかもしれないが、慣れない日本での学生生活に戸惑う姿は、作者の女子大生時代をいくらか反映しているように思える。

虹智は、高級すき焼き店でアルバイトを始めるが、制服である和服を着るところから難渋する。

確かに、何本もの紐《ひも》を体に巻きつけてゆく「着物」は、不思議な衣服である。中国女子学生の目を通して語られる日本に、なるほど確かに不思議な国だなあと、日本人ながら改めて気づかされる。

虹智は、このすき焼き店で、さまざまな客に出会う。

美人で水商売のヒジリちゃん（水商売を、虹智が水道局と勘違いするところが、笑える）。

初老で上品な藪中《やぶなか》夫妻。

仲居のキョウコさんと、彼女目当てに通いつめる鈴木さん。

各々《おのおの》の人生は、どれもちょっぴり切ない。

まだ若くて美人のホステスさん（多分）であるヒジリちゃんは、客の横山さんに本気で惚《ほ》れているが、彼には家庭がある。

藪中さんの奥さんは、認知症が進んでゆく。

キョウコさんは、いつか玉の輿《こし》に乗って今の生活から抜け出すことを夢見ていて、作業服の鈴木さんの思いは届かない。

しかし、彼らを見つめる21歳の虹智の視線は、驚きつつも突き放しはしない。温かいまなざし、なのだ。未知の世界に住む人々の、それぞれの事情を、ただまっすぐ見つめているのだ。

姉思智と日本人夫との関係がぎくしゃくしているのを感じても、虹智は、やはり余計な口出しはしない。この虹智の聡明《そうめい》さと可愛《かわい》らしさが、本書の魅力だと思う。

虹智は、韓国人留学生柳賢哲《ユヒョンチョル》から熱烈にアプローチされる。しかし、彼女の心は、すき焼き店店長に傾いている。

〈中国人には真似《まね》できないほど日本人的な礼儀正しさとクールな弥生《やよい》人の顔だち〉が、中国人の虹智にとっては、とても好ましいのだと、述べられている。

そういうものなのか、と、私は驚いた。世界では評判の悪い、無表情な日本人を、カッコよく思ってくれる外国人もいるのか。

一方、柳賢哲は、情熱的で半ば強引ですらある。

私なら、柳賢哲の方がいいなあ、と思うのだが。日本中の韓流ファンも、そう思うはずである。しかし、虹智から見ると柳賢哲の顔は凹凸しすぎて、どうも暑すぎるみたいだ。

「コウチさん、かわいいですね」
「コウチさん、好きだよ。俺の彼女でいいでしょう?」

こんな風に言われたら、すぐに落ちてしまいそうなのだが。なぜか、虹智は柳賢哲よりも弥生人の店長の方に好意を寄せるのだ。

この、国際色豊かな三角関係が、とても面白い。

とくに、日本語のつたない中国人と韓国人が、日本語で会話をする部分は、笑える。

「韓国のチョコリは美味《おい》しいですか?」

「美味しい?」

「私は日本のチョコリが好きですよ。牛乳味と、イチゴ味も」

「チョコレトですか? 違うよ。チョゴリは韓国の着物、洋服です……」

とても可愛らしいやりとりだ。

焼いた肉を女性が器に取り分けてくれるレストランは、やはり世界中で日本だけであろう。高級しゃぶしゃぶ店で、お店の女性が「あく」をいちいち取り除いてくれるのも、日本ならではだと思う。

ヒジリちゃんのような水商売の女性が、「同伴」出勤のために客と食事をする風習も、変てこな日本の習わしだと、ずっと私は思っていた。

虹智は、外国人なので、

「不思議な国だ」

で、すませているが、私ら日本人女性からすると、日本の男は甘えすぎ！　と腹が立つ部分も多い。

日本の男は家族より会社が大事なのよ、と思智が嘆くシーンがある。その後、大が家族サービスをすることによって夫婦は仲良くなるのだが。虹智のように、

「不思議な外国人」

だと思うようにすれば、日本の夫婦もうまくゆくのかもしれない。

そんな風に「すき・やき」を読むと、物語に浸りつつも、自分の人生をしみじみ振り返ることもできるのだ。

薄口の割下を少量入れると、鍋の中はいつものように琥珀《こはく》色の汁を包んだ湯花が甘い匂《にお》いを発しながら鍋縁に沿って靡《なび》いていくのだった。

もう、たまらない。さっそく一、二、三、の呼吸で肉を焼いて食べてみよう。


（二〇一二年三月、漫画家、エッセイスト）

この作品は二〇〇九年十一月新潮社より刊行された。

篠原美季著

よろず一夜のミステリー
——水の記憶——

不思議系サイトに投稿された「呪い水」の怪現象は、ついに事件に発展。個性派揃いのチーム「よろいち」が挑む青春〈怪〉ミステリー開幕。

富安陽子著

シノダ！
チビ竜と魔法の実

パパは人間でママはキツネ。そんな信田家にやって来たチビ竜がもたらす騒動とは。不思議とユーモア溢れるシノダ！シリーズ第一弾。

香月日輪著

下町不思議町物語

小六の転校生、直之の支えは「師匠」と怪しい仲間たち。妖怪物語の名手が描く、少年と家族の再生を助ける不思議な町の物語。

三浦しをん著

風が強く吹いている

目指せ、箱根駅伝。風を感じながら、たすき繋いで、走り抜け！「速く」ではなく「強く」——純度100パーセントの疾走青春小説。

糸井重里監修
ほぼ日刊イトイ新聞編

金の言いまつがい

なぜ、ここまで楽しいのか、かくも笑えるのか。まつがってるからこそ伝わる豊かな日本語。選りすぐった笑いのモト、全700個。

柳沢有紀夫著

世界ニホン誤博覧会

〝海外で見つかるヘンな日本語〟の魔力に取り付かれた著者による、膨大なサンプルの分類と分析。どづぞゆっくリおたのし2下ざい。

すき・やき

新潮文庫　や-70-1

平成二十四年五月一日発行

著者　楊《ヤン》　逸《イー》

発行者　佐藤隆信

発行所　株式会社　新潮社

郵便番号　一六二―八七一一
東京都新宿区矢来町七一
電話　編集部(〇三)三二六六―五四四〇
読者係(〇三)三二六六―五一一一
http://www.shinchosha.co.jp

価格はカバーに表示してあります。

乱丁・落丁本は、ご面倒ですが小社読者係宛ご送付ください。送料小社負担にてお取替えいたします。

印刷・大日本印刷株式会社　製本・加藤製本株式会社

ISBN978-4-10-138761-1 C0193